这个夏天

〔加〕玉城真理子 著
〔加〕玉城吉莉安 绘
安琪 译

人民文学出版社
PEOPLE'S LITERATURE PUBLISHING HOUSE

著作权合同登记 图字 01-2016-8902 号

图书在版编目（CIP）数据

这个夏天 /（加）玉城真理子著 ;（加）玉城吉莉安绘 ；安琪译 . -- 北京 ：人民文学出版社，2016
（99 图像小说）
ISBN 978-7-02-012135-9

Ⅰ . ①这… Ⅱ . ①玉… ②玉… ③安… Ⅲ . ①短篇小说－加拿大－现代 Ⅳ . ① I711.45

中国版本图书馆 CIP 数据核字 (2016) 第 262677 号

责任编辑 甘 慧 尚 飞 王雪纯
装帧设计 高静芳

出版发行 人民文学出版社
社 址 北京市朝内大街 166 号
邮政编码 100705
网 址 http://www.rw-cn.com

印 制 上海盛通时代印刷有限公司
经 销 全国新华书店等

字 数 96 千字
开 本 890 毫米 ×1240 毫米 1/32
印 张 10
版 次 2017 年 8 月北京第 1 版
印 次 2017 年 8 月第 1 次印刷

书 号 978-7-02-012135-9
定 价 68.00 元

嘎吱

嘎吱

嘎吱

嘎吱

嘎吱

好吧。

就这样。

嘚吱
嘚吱

这里是阿瓦格
海滩。

是我家每年夏天
都来的地方。

从那时到现在……

仿佛……
永远如此。

呵呵！快看。我说，
这里就是火鸡孵化场！
罗斯·阿比盖尔·华莱士
的官方出生地！
ESTELLE'S
OPEN
TURKEY TOURS
FARMERS Market
我简直要
哭了。

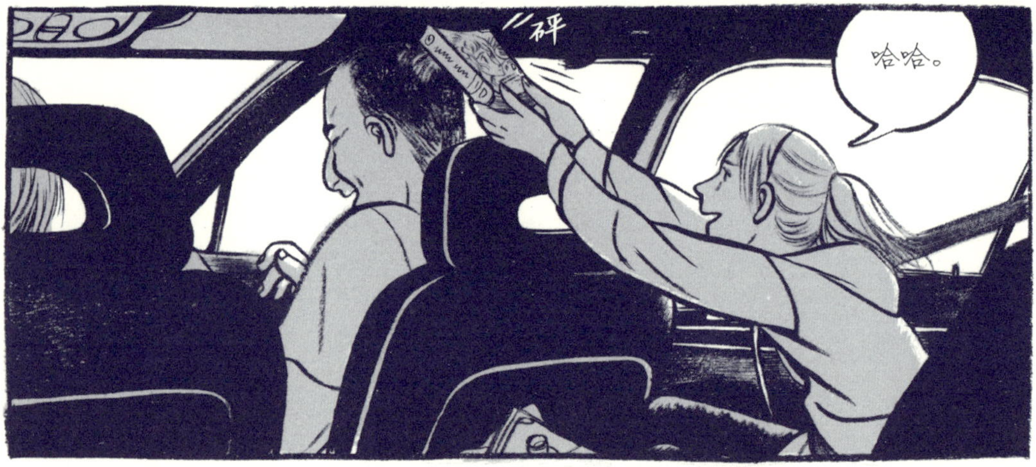
砰
哈哈。

埃斯特尔斯
世界著名
火鸡肉干
★
最后的机会
右转

Sheen
McDONAGH
THE HACKETT-LIs
SMYTHESON
GORDON
阿瓦格
海滩
Vote BILL SMITH

STOP
我爸爸说在阿瓦格，啤酒长在树上，人人都可以十一点睡觉。
快到了，姑娘们。
还有两分三十秒。
隆隆隆隆

STORE
BAIT
来了！
向阿瓦格的
年轻人招招手……
爸爸！
埃文。
天哪。
管他呢。

妈妈说阿瓦格让她想起同
她父母一起生活过的小屋。
GLYNN
华莱士
一家抵达！
咻
感觉到
微风了吗？
棒极了。
嗯。
嗅
罗斯，
你的
旅行袋。

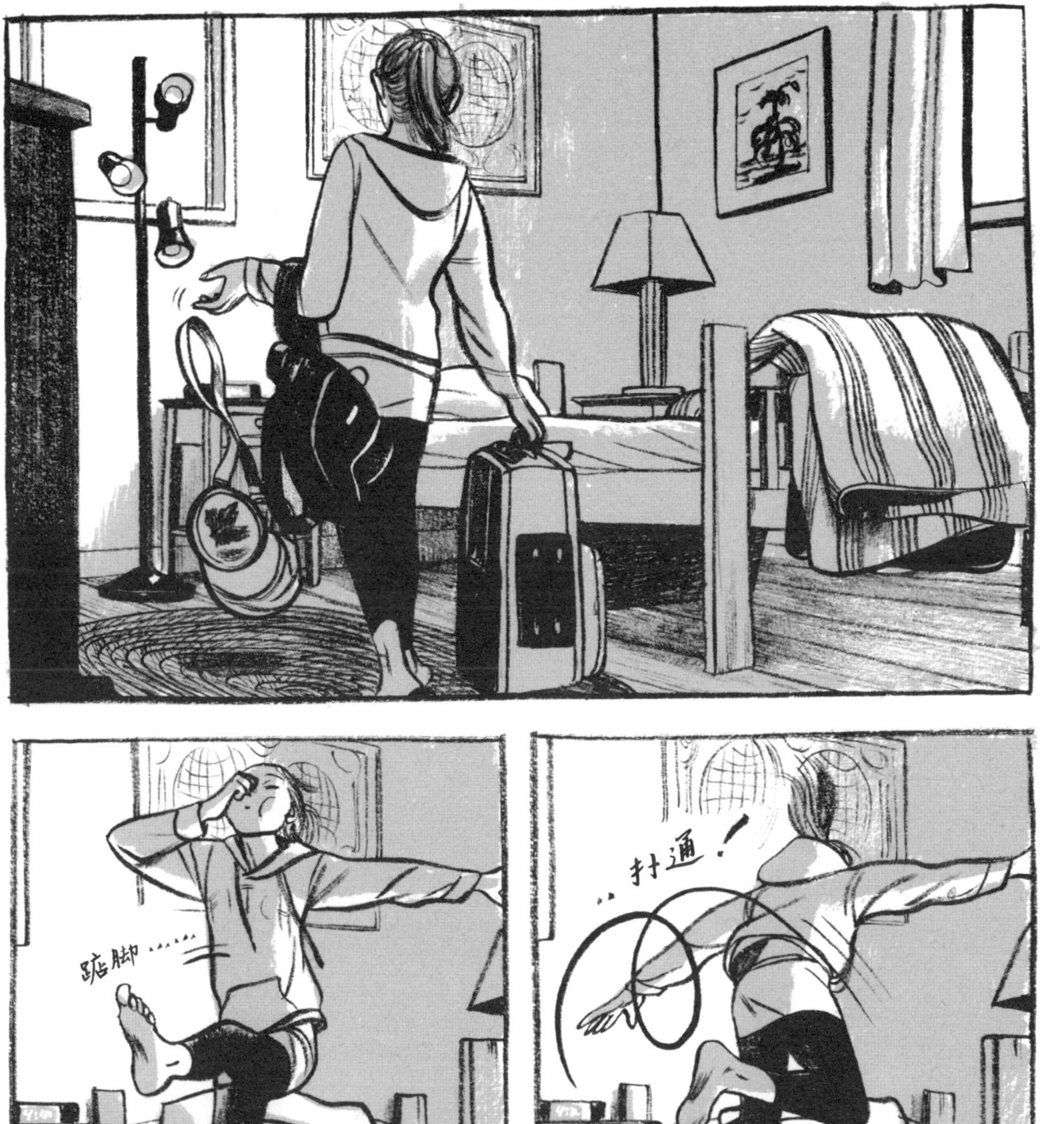
踮脚……
……扑通！

你为什么不休息一下？
Organtrix
DICED
何不出来坐在走廊上？
嘶
我得把这些收拾好。
我们在度假，爱丽丝。
埃文，你就……就别管我了吧。
好吧。
嗨，我把行李都收拾好了。我可以去找温迪吗？
什么？哦。好的。

擦
砰！
噗！
淘气鬼！去找温迪？
嘿！华莱士家的烧烤派对八点开始！

踩踩
哒！
呼呼呼呼呼呼

我五岁那年，温迪就成了我的夏日小屋之友。温迪比我小一岁半。
咚咚
哈哈。

进来！
温迪！罗斯来了！
嗨，伊芙琳阿姨。
温迪的妈妈是名按摩师，她和其他几个女人一起经营着一家按摩店。我爸爸总说店里全都是素食食谱和熏香。
嗯——你身上有树的味道。
嘿。
你想去海滩吗？
当然。

那么——
你去
露营了？
没错。就在我妈妈
工作的大学里。有
点儿像艺术学校
的露营活动。
我也干过这事儿。
嗯。它叫“盖亚的
圈子”？像是一首
曲子的名字？
除了我妈，
其他孩子的母亲
都是女同志。
NOTICE

哦。好吧。真酷。
是的。呲。
我阿姨就是个女同志。
TIK
我是认真的。我这么说是因为这是真的。
那么——你有男朋友了吗？
你有心上人了吗？
或者说，认真喜欢上谁了吗？
没有！
扑

我是说，没有。现在没有。
亲
哇哦！
嘿。还记得去年夏天我们建了一座城堡吗？
记得。
今年我们应该再造一座。
好啊。也许可以。
我只是开个玩笑。

布鲁斯特是阿瓦格唯一的商店，除了那家只在周四和周五开门的比萨店，而且比萨并不怎么好吃。
丁零零
暂停营业
营业时间
明年我要去嘻哈学校，就跟这种疯狂的嘻哈训练营差不多？
呀
酷。
嗳嘤……
嗳嘤……
嗯。软糖多少钱？
呃，你也看得到，我们有许多软糖，所以你得说得具体点儿。
脚丫软糖多少钱？
五分钱。
一只脚？我还以为只要一分钱呢！
瞧，嘻哈，要五美分。就是这个价。

好吧。贪得无厌的十只脚。
还要两个多乐滋。
叮叮
大家快瞧。是詹妮。
你快下班了吗？
我下不下班又有什么要紧的？有什么关系？
哦，闭嘴！
不用找了。

嘿，嘻哈！你能不能教我几个动作？或许一些，嗯……一些机械舞？
嘿！
嘿！
啪！
耶，小伙子！
叩肯！真是个白痴。
这里的空气真好闻，你不觉得吗？

闻着……
就像海滩。
没错。
啃啃
拉
拉
卷卷
啵
哈哈！
嚼

什么？
没什么。
丁零零
& MAIL

恶心！
哈哈！

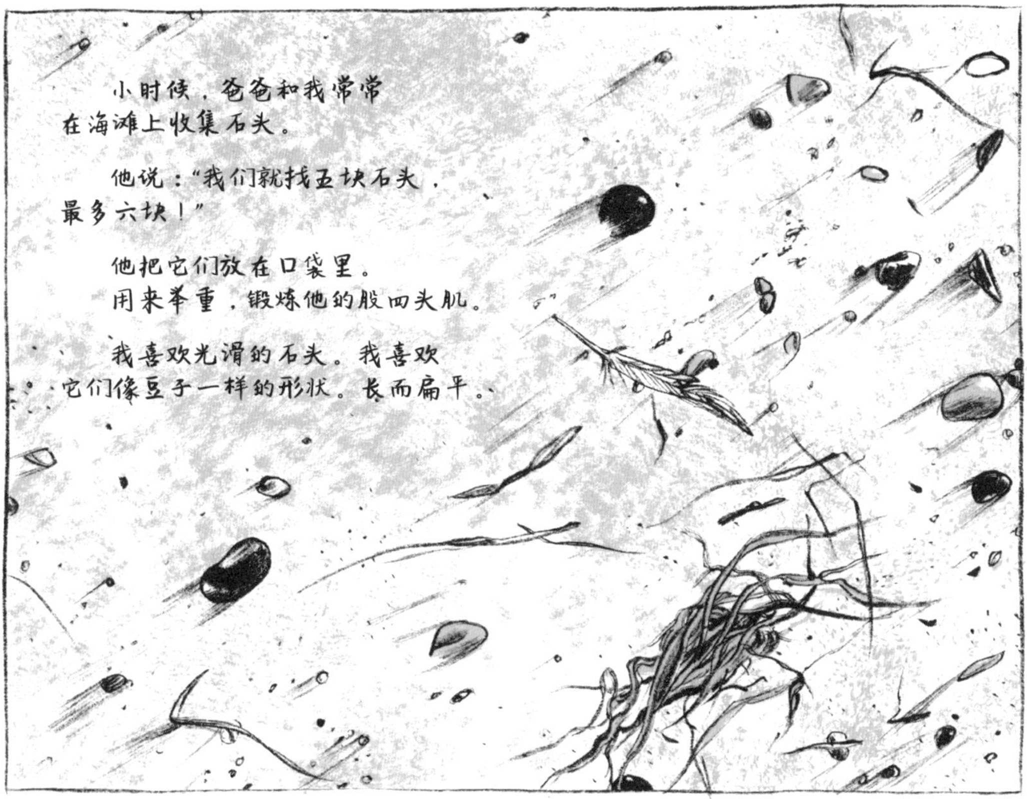
小时候，爸爸和我常常在海滩上收集石头。
他说："我们就找五块石头，最多六块！"
他把它们放在口袋里。用来举重，锻炼他的股四头肌。
我喜欢光滑的石头。我喜欢它们像豆子一样的形状。长而扁平。

嘿，罗斯，你知不知道你也曾经只有那么小？就像那块石头一样小？

是真的！
在你出生前，当你还在我肚子里的时候，你就是个小不点。
我就像粒豆子。
最初。
然后你变成了现在的样子。

我第一次看见乳草，
就是在阿瓦格的海滩上。
我觉得它们是神奇的荚果。

我觉得要是我们吃了
它们，那绒毛会让
我们长出翅膀。

于是温迪和我
采摘了几百个荚果。
整整一背包。

我们打算把它们
和冰激凌、牛奶，还有
椰子搅拌在一起。

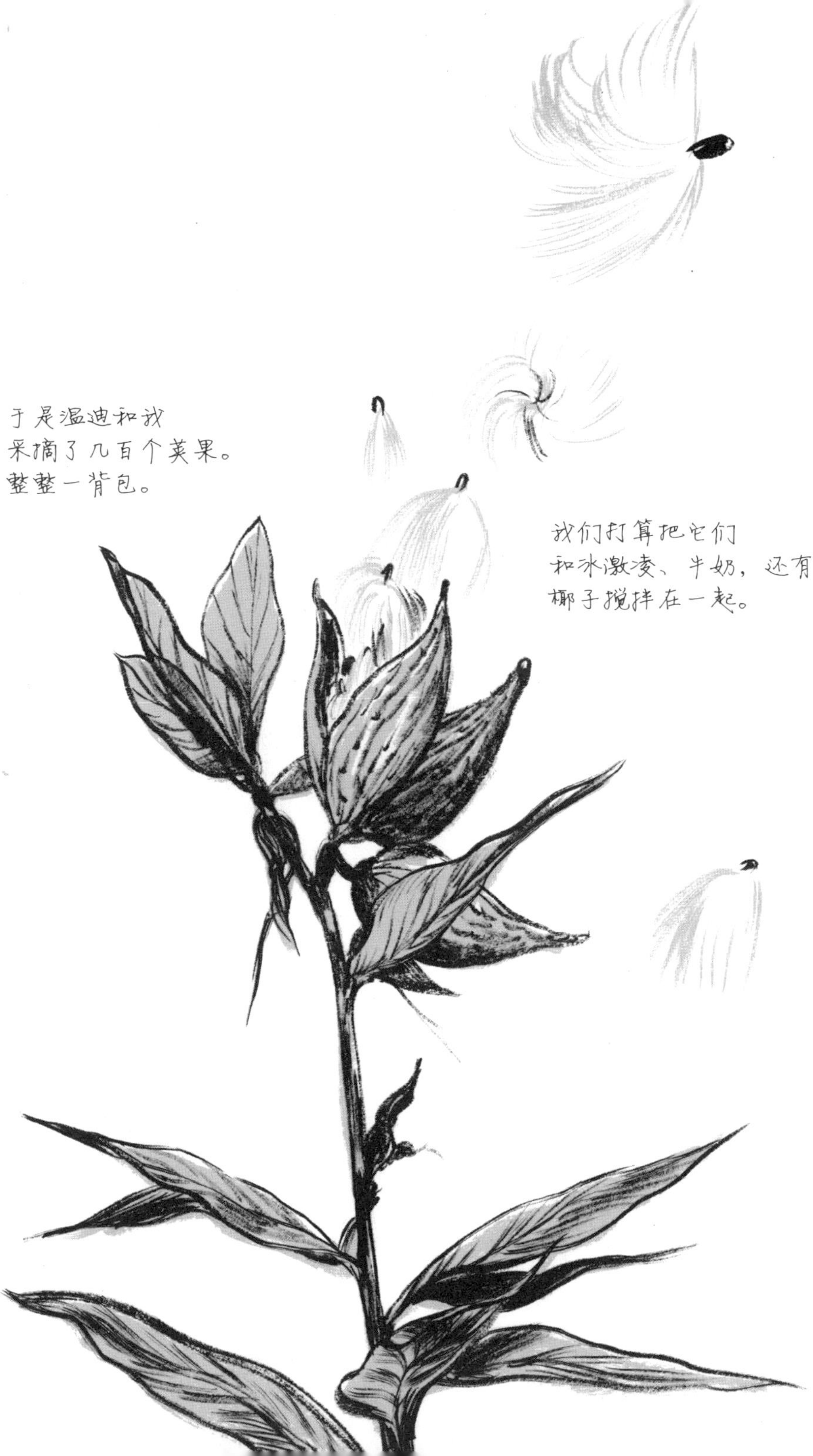

后来我妈妈发现了背包，她告诉我们乳草真的有毒。
现在温迪每回看见乳草，都做出窒息的动作。
可是，我还是喜欢采摘荚果，将它们掰开。
抚平
你会来吗？
不……
我一会儿就下来，好吗？你先去。

我舞蹈课上的这个女生十岁，她好像有D罩杯。
也有可能是G。
她奔跑的时候，胸部就像在打她的脸似的。
我妈妈是B罩杯。我可能会跟她一样。
你所有的朋友都有胸部吗？
我朋友凯莉胸部非常丰满。
我想她妈妈也一样。
那么被领养的就有问题了。我不知道自己的胸部会有多大。
是乳房。
哈哈！乳房！

乳——房！
胸部！
奶子！
哇喔，瞧瞧我性感的大胸！
摇摇
呃哼。
这里是公共海滩，姑娘们。
对不起！
你会给我们惹麻烦的！
哈
哈
哈
哈
哈
阿格瓦海滩
私人领域
机动车
不得入内
嘎吱
嘎吱

嘿，你觉得昨天的那个姑娘是那家伙的女朋友吗？
我不知道。可能是吧。
好像，没有香草——哦，等等。
天哪，看，好像一座冰川。
嘻哈！你们回来了。啊，太棒了！

嗯。再要两个多乐滋。
我能要个纸袋吗?
只有塑料的，嘻哈。
哈!
好吧。我要。
11.99美元。
哟，叩肯!詹妮和莎拉在这儿呢，老兄。
卷

你
以为
兄弟
证件
还有
两——个
多乐滋。
丁零零！
好吧，
女郎们，
我们走。

你从什么时候开始管我叫女郎了？混蛋！
呃。从我成了混蛋的那天开始，女郎？
啊！
啪！
哎呀呀！！
等一下，嘻哈。
DVD'S·ICE CREAM
等等，呃，金发美女。
嗯。我们能走了吗？我都要化了。
天哪，那些姑娘的嗓门太大了。我敢打赌他们一定喝醉了。他们就像酒鬼一样。

她们都一样，
哎呀呀……
摇晃
都一样，
哎呀呀！不！
跳
她们喜欢
尖叫。
她们是
女郎。
罗斯！
谁是
女郎？
没有人！

管你素不相识的人叫女郎，有点儿奇怪。
哦，好吧，认识这些姑娘的家伙们叫她们女郎。
这可如何是好？
我们得走了。
好吧，或许明天能在海滩上见到你？
明天见。
再见。
罗斯，我不喜欢你那样说话。
好的。

你现在想
不想游泳？
罗斯！
别打岔！
对不起。
你刚刚
说什么？
移动
你想不想
游泳。
不想。
可能过
一会儿吧。

女郎
女郎
女郎
女郎

10:21 AM

Crossword
Too good to be true

12:17 PM

12:54 PM

1:42 PM

2:12 PM
2:49 PM
3:22 PM
3:41 PM
3:43 PM

4:01 PM
5:02 PM
5:16 PM
4:37 PM
咔嗒
5:46PM
facebook
5:15 PM
扑通!
6:11 PM
啪
6:25 PM
6:30PM
撕
6:47 PM
噼 噼 啪 啪!

7:12 PM
7:14 PM
7:22 PM
7:49 PM
吧嗒
7:32 PM
SIZZLE
8:01 PM
8:07 PM
9:12 PM
9:01 PM
9:17 PM
你想来我家在我的笔记本电脑上看部电影吗？
都有什么电影？

比如《X战警》全集。嗯……我想我妈妈有《欲望都市》？
这部电视剧我已经看了无数次了。太差劲了。
从头到尾说的就是她们四十了，她们有性生活。谁在乎呢？
哦，天哪，那些家伙永远都无所事事！
他们就跟流浪汉一样。
我们进去吧。
为什么？

我们可以租一部DVD！
算了吧。他们一共只有两部DVD。
你有更好的主意？
她好像生了差不多三个孩子，而她看上去才十五岁。
你知道，就像没有经期似的。

嘿，莎拉，精子可以在你的身体里存活三个星期，这话是你说的吧——
哇喔，嘿……
哈哈哈
真该死！
哈哈哈哈哈哈哈
像我会说的话！真恶心。
哈哈！
哈哈！干得漂亮，詹妮！

哈 哈 哈 哈
叮叮
让那坨可笑的大便从这里滚出去。
这是詹妮的，老兄。放手。
沙沙
里面全都是没用的化学制剂，荷尔蒙什么的。

这都是些什么东西啊？
那不过是该死的芝麻粒。
砰
这么说，老兄，我阿姨常常整天都在喝那玩意儿。
怪不得她生了三胞胎，老兄。荷尔——蒙。
闭——嘴。
嘿！需要帮忙吗？
抓

德州电锯
杀人狂
哈哈，该死。真的吗？
这是给你的？
呃。
耸肩
你们最多就十五岁吧？
点头
无所谓。这些家伙很酷。你们很酷，对不对？

呃，好吧。把你们的电话号码给我。然后，呃……
五美元。
再要两个多乐滋。
好——的。
阿嚏
邓肯家的片子好像都有点儿少儿不宜呢，他俩才多大——
叮叮
哈！别让那俩孩子听到了吧，莎拉？
什么？哦。真是的。

没事。
反正他们也不懂的。看看也无妨。
你们好啊，孩子们！
天哪。他们根本没想到我们会借这个，是不是？这好像是限制级的。
喂！只不过是恐怖片嘛，你敢看吗？
当然敢。
啪嗒！
你妈妈呢？
游夜泳。

你即将观看的影片……
我们应该把灯关了。
噢，没错！好主意。
德州的盗墓事件是这一小时的头条新闻……
有人吗？有人在家吗？
啊！警官！警官！

杰里?!!
萨莉!
萨莉，我听到点动静!
住手!
嗡嗡嗡嗡!!
嗡嗡!!!
嗡嗡嗡嗡嗡嗡嗡!!!
扑通
不!
啊啊啊啊啊啊啊啊……
这部电影太疯狂了。
不——
救命!
分散我的注意力。
怎么分散?
拿住
天哪，不要!!
我们不该看这些吧!
是的。真恶心。
实在太下流了!
我觉得如果你不愿意，大可不必做这样的事。

我打赌有很多人都这么做过。
我猜如果我真的爱上了某个人，我会做的。
啪啦
我想就算我恋爱了，我也不会做。
或许吧。它会变成一种同伴压力。
我想是吧。
好吧。我依然无法沟通。
你觉得那家伙多大？
那个街头小店里的家伙？耶肯？我不知道。
十六岁？

我觉得他
像是十八岁。
啊啊啊啊啊啊啊啊啊
啊啊啊啊啊啊啊!!!
嗡嗡嗡嗡
嗡嗡嗡!
他不可能
十六岁。
他有胡子。
嗡嗡嗡嗡
嗡嗡嗡!
救命
该死!
天哪!
你们在
看什么?!
天哪!
嗡嗡嗡嗡嗡
嗡嗡
……
咻
不!

我对性
知之甚少。

我二年级的时候，我的老师斯隆太太怀孕了，于是我们上了一堂课，内容是婴儿是怎么来的。

咕嘟咕嘟

我们看了一部一头鹿降生的影片。当小鹿脱离母体的时候，罗恩·汤姆林森吐了一课桌。

我爸爸说老师应该把我们关在笼子里，直到我们年满二十。
跳
瞧，要是我把边边卷起来，它看起来就像一条法式连衣裙。
它让你的大腿看上去有点粗。
嘿，别站在那上面。
扑通！
去年在卫生课上我们做了这个测验，不止如此，我们还得向我们的父母展示，这样他们便能知晓我们对性到底了解多少。
爸爸觉得我把生殖器拼错这事特别搞笑。
按按

我不知道这里的学校是否有性教育课程。我不知道那个叫邴肯的家伙明不明白……
生日快乐妈妈
?
我敢肯定他一定知道。
摁
摁摁
来吧。
啊哈！

你们家还有汽水吗？
你简直喝上瘾了！
气喘吁吁
糖比毒品更容易上瘾。
随你便。
嘿，你知道还有其他好看的电影吗？
比如精彩的恐怖片？
那些主角提着刀将人在睡梦中杀死的电影。
《猛鬼街》。
玛西在她的生日派对上放了这部电影。
我错过了。我是说，我没能去参加派对。

我想是叫《猛鬼街》吧？
不过
应该很恐怖才对。
关
真是像瘾君子一样。
温迪，你最后一次喝水是什么时候的事？
NEW OBSERVATIONS
Journal of Pharmaceutical Sciences
这么说，
你还会在朋友家过夜？
有时候。不过更像是开派对。一点儿都不像外宿。
咕噜
RO

酷。
咕噜
《让宝宝自然生长》是什么东西？
让宝宝自然生长
……
是我妈妈的书。是本老书。
POM
奇怪。
听上去就像是本烹饪书。就像“嘿，我在生小孩，小孩”。
呃。你真粗俗。
嘿，那个游戏叫什么来着？就是你选公寓或者大厦或者……
M.A.S.H。大厦，房子，公寓……
小屋。
然后你为丈夫列张单子。

呃。我可不想要丈夫。
我们应该玩玩。选一个人用来做游戏。
你先来。
嗯。好吧，我选……嗯……
谁是米奇？
M.A.S.H.
美国总统
J.比伯
米奇
只是我认识的一个……
天哪，你应该把那个叫邓肯的家伙加上去！那个讨厌的家伙！
什么？为什么？
为什么不？就好像“小屋”……它就是个废物。
这是你不想要的东西。就好像“清洁工”。

讨厌的家伙！
啪！
好吧，好吧，我就写个“邓”吧。
然后你选要几个孩子。
M.A.S.H.
美国总统
J.比伯
米奇
邓
0 1 2 10
还有要几辆车。
说“什么时候”。
什么时候。
好了。所以是……8。

1, 2, 3,
4, 5, 6,
7, 8,
1, 2, 3,
4, 5, 6,
7, 8,
1, 2,
4, 5,
6, 7,
8,
1, 2, 3,
4, 5, 6,
7, 8,
1, 2, 3,
4, 5, 6,
7, 8,
1, 2, 3,
4, 5, 6,
7, 8,
1, 2,
3, 4, 5,
6, 7, 8,
5 …… 6 …… 7 …… 8 ……

噢，不！你得到了“卯”和一幢公寓。
还有一个孩子。
呃！
你的生活太糟糕了。
呵呵哈哈哈哈哈
哈哈
哈哈哈
对不起。这世上可有很多漂亮的公寓呢。
滚
哈哈
没错，可是你知道它可能是一幢破公寓。
我不会住在破公寓里的！它一定很漂亮！

和那个"郎"。
那个游戏太古怪了。你连份工作都没有！
那你怎么赚钱呢？
撕
噢，嘿，你们家有火鸡肉干吗？
没有。我妈妈讨厌它。
那可是世界闻名。
我猜要是郎肯和我结了婚……

……我们一开始会住在一幢公寓里，做着平凡的工作。然后，然后我们会找到好工作。然后。

然后我们会上医学院。

嗯。
然后我会抽出一部分时间生下一个——

完美的宝宝。

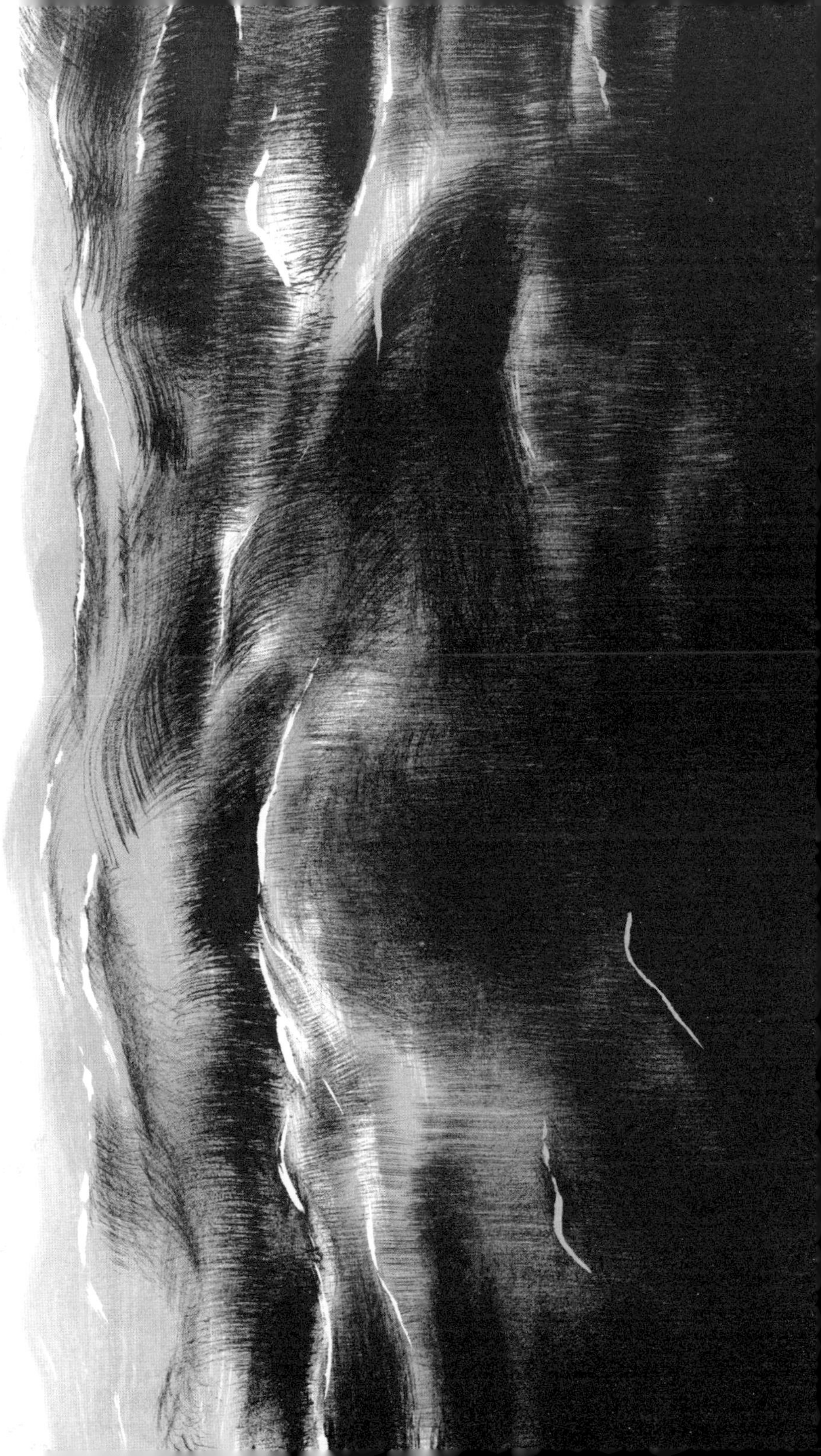

你还记得那回
你妈妈编的那个鬼故事吗？
说的是一个女人把她的
心脏装在手提袋里
随身携带。

什么？
你不记得了？
那个老太太的故事？
哦。我可不认为这是她编的。我想她是照本宣科。
没错。
啪嗒
扑通。扑通。
那是个好故事。

哗哗
哗哗
你妈妈鬼故事说得很好。
我想是的。
可能没有《德州电锯杀人狂》那么恐怖。
温迪。别闹。

你觉得那部电影恐怖吗？我觉得很吓人。
呃呃呃呃呃呃呃呃呃!!!!!

上帝！
哈哈哈哈哈哈！！！
哈哈哈
不——
哈哈
呗呗呗呗
呃呃呃呃呃呃！！！
天哪。

那是什么？
有人在大笑。
没事的。

去你的！
呃呃呃呃呃呃呃！！！
呵呵呵啊啊啊哈哈！
棒极了……

有人在
那儿大笑。
别过去。

我觉
得是。
什么
玩意儿!!!
哈哈

我们回
小屋去吧。

啪嗒

哒—哒—咚
哒—哒—咚
……公司……
哒—哒—咚
嗞！嗞！
……社会……
轰隆！
哒—哒！
嗞！嗞！
咚嚓咚嚓
咚嚓咚嚓
咚嚓咚嚓
MAPLE
尼尔·佩尔特，有史以来最棒的鼓手，罗斯！
噢噢噢噢，
合成器！！

为什么我们只有在小屋的时候才听匆促乐团的歌？
我们应该每天都听。
他的嗓音很奇怪。
咚咚
他的嗓音是很奇怪。
哦，这里还有馅饼，有人想吃吗？
打开
我可以来点儿馅饼。
我也要。
我想，呃，是桃子味的，是从路边的那个女人那儿买来的。

你知道，就是站在路边的那个女士？
嘿，罗斯。过来看看。
你知道在这里他们管这个叫什么吗？

阿瓦格厕纸。
哈哈！呃！
晚餐桌上别提厕纸的玩笑。
哈哈！噢！
现在稍等片刻。我们得让它干透，这样我们稍后才能使用。
得让它变得又漂亮又柔软。
恶心！
埃文！求你饶了我们吧？
唰
哈。哇。

扑通
咔
Jules Ve
唰——
唰——
唰——

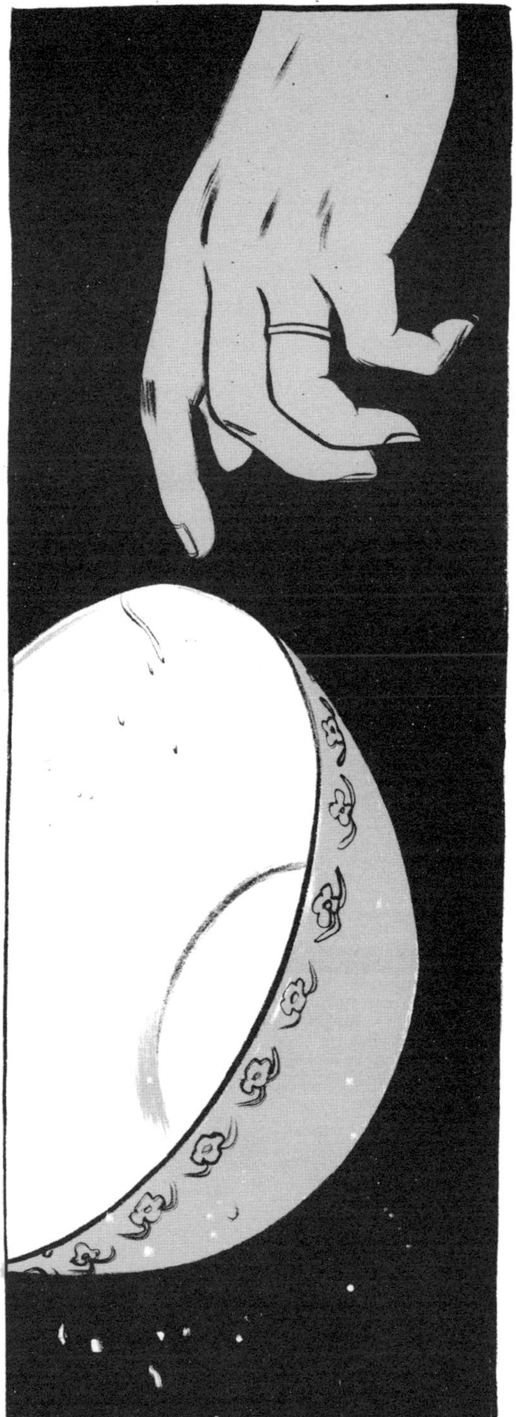

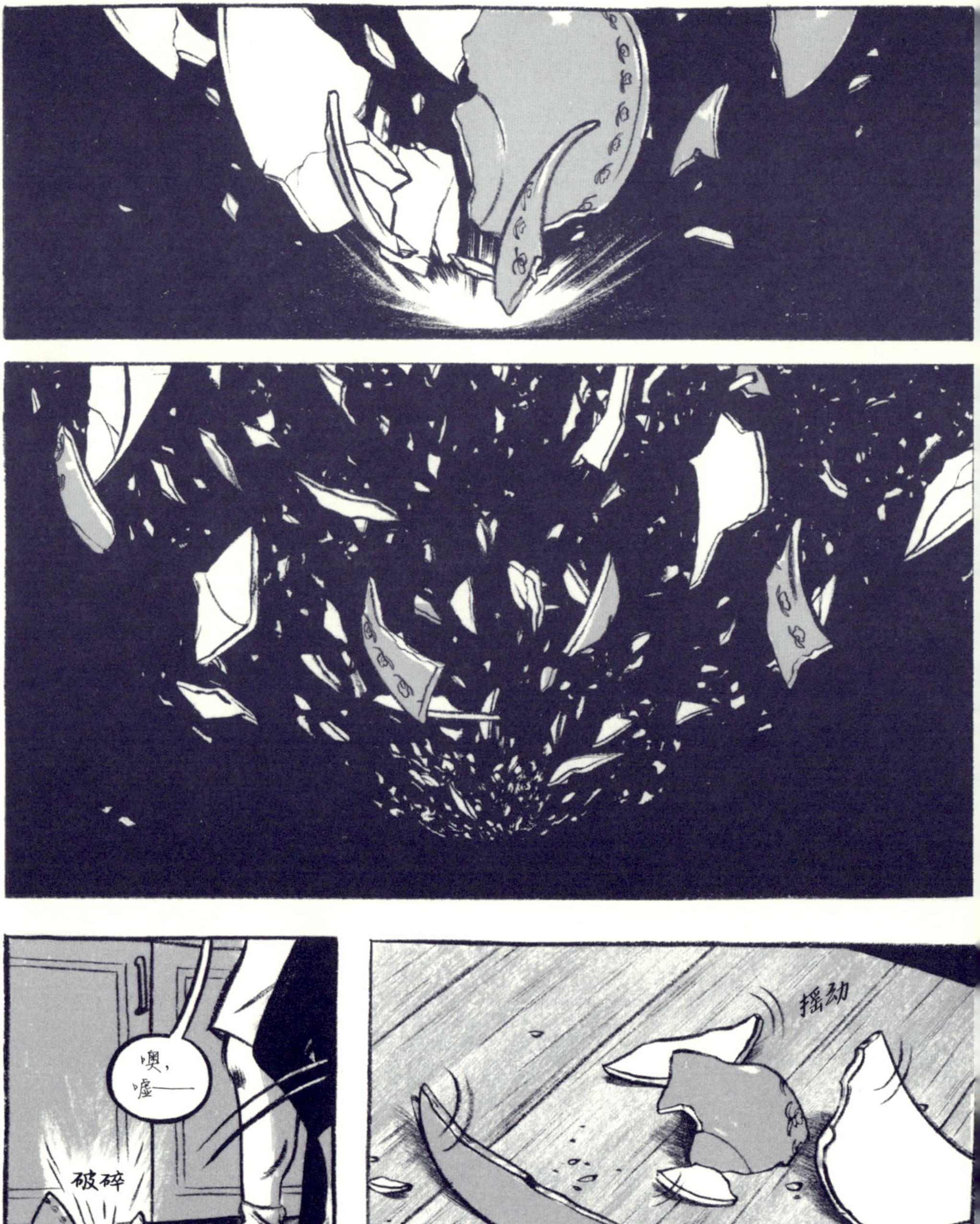
噢，
嘘——
破碎
摇动
摇动
摇动

丁零当啷
别那样看着我。
我没怎样看着你。
哦。
你能放松点儿吗？
试着享受一点儿美好的时光？

我在努力。只是……
来到这里……
焦虑
如果你只想远离我们，又何必那么麻烦大老远跑到这儿来？
你在说什么？
糟透了。

你觉得我想离你们越远越好？
在我经历了这一切以后，你以为我想跟我的家人分开？
帮帮忙，埃文，你倒是告诉我，我什么时候干扰你想要玩乐的神经了，好吗？
我只是觉得，要是我们待在这儿的这段时间你都打算苦不堪言——
别说了。
住嘴。
上帝。
你这么快就放弃了。
我放弃？！

罗斯。
罗斯，我能进来吗？
颤抖

我睡觉了。
好吧。
揉
你刷牙了吗？
罗斯？
我会刷的。
天哪。
嘿，孩子。是爸爸。想不想去海滩看星星？
不想。
要是我想去呢？

去海滩，
就五分钟。
看十颗星星就回来，不超过十颗星星。
或许十一颗，但不能更多了。

嘿，听着，孩子。
别为这种事儿烦心，好吗？

那只是大人间说的废话，没有任何意义。

两年前我妈妈决定再要一个孩子。她吃了许许多多的药，做了很多很多努力。
可是，没有宝宝。
因为，
我妈妈的身体不想要孩子。
或者一部分原因是这个。
子宫。或者别的什么。
于是，去年夏天她停止了一切努力。可他们还是为这件事吵架。

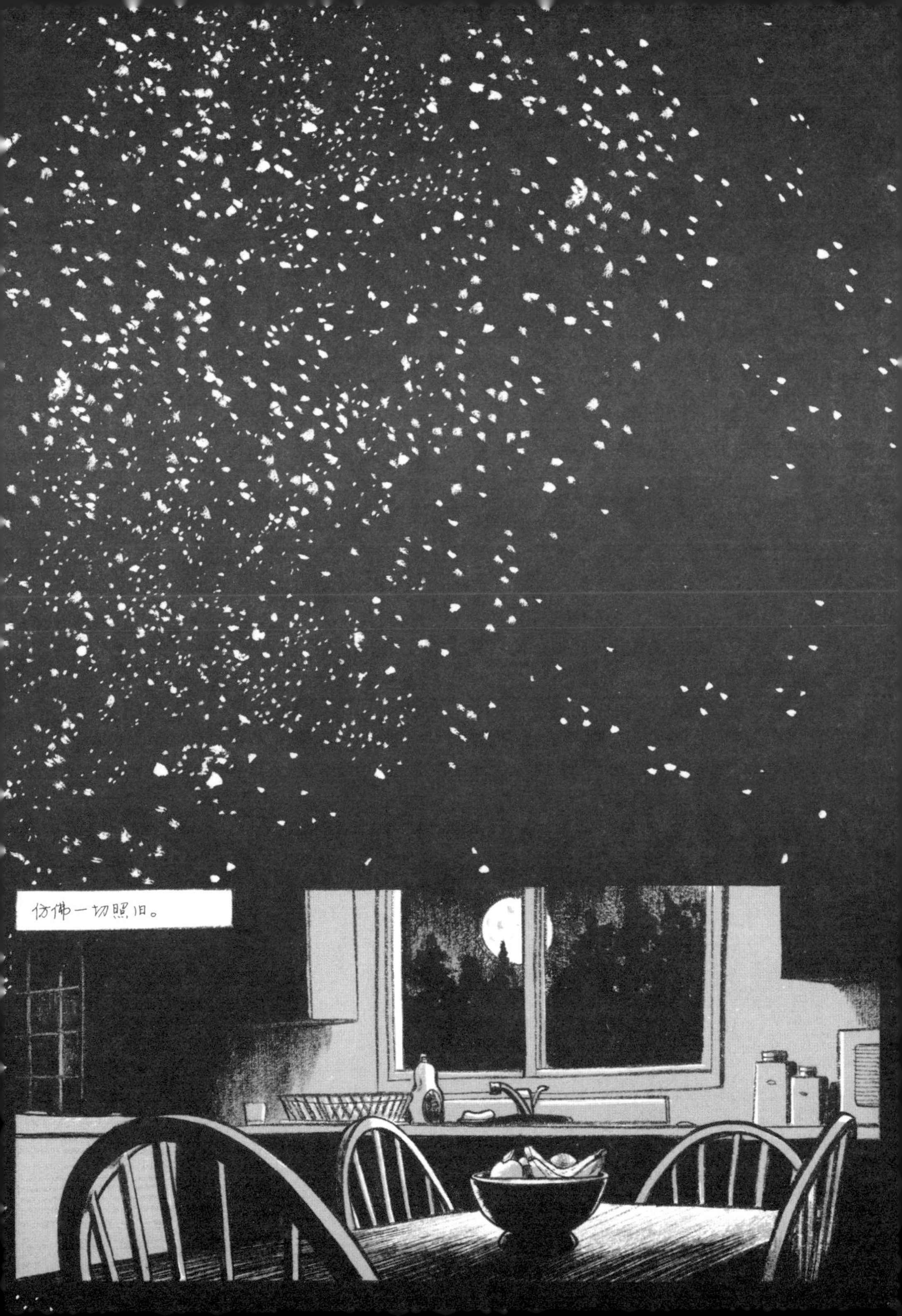
仿佛一切照旧。

你在看着我吗?
好的。
一直看着?
我看见你了。
我看见
你了。

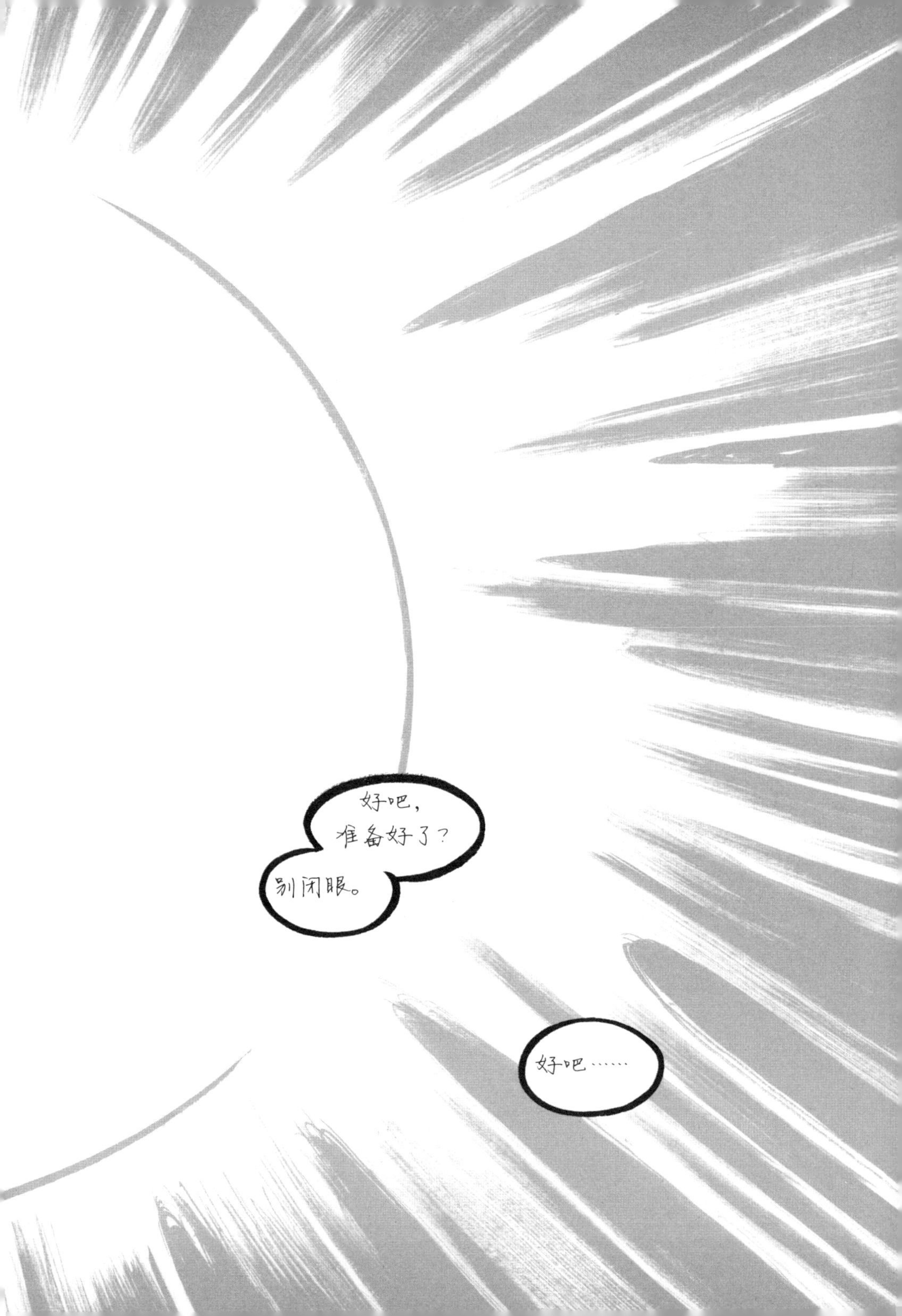

好吧，准备好了？
别闭眼。
好吧……

一……
二……
别闭眼！
三！

我第一次来阿瓦格的时候，我害怕在湖里游泳。
于是我妈妈教我如何在水里睁开眼睛。

我觉得那是一件特别的事情。
像是一种能力。

直到有一天我把这事告诉温迪，才发现，只要尝试，每个人都能做到。
罗——斯！

啵啵
啵啵
你浮在水面上的样子就像一具尸体。
气喘吁吁！

漂浮的感觉很好。
就像飞一样。
你能憋多久的气？
在学校我能屏住呼吸游一个单程。我不知道有多久。
你想让我为你计时吗？看看有多久？
不。
套着游泳圈，装在密封容器里的苹果和薯片是可随身携带的最佳食物。
啊！
相比之下，苹果更好，因为你可以直接把核扔到水里，鱼会吃了它们。

噢，天哪，这么说，上个月，这个女人在上我妈妈的陶艺课？她的孩子嗑了药，闯进了某个人的游泳池，最后他们发现她淹死了。
我朋友的弟弟去年死了。
他年纪还很小，是遗传病。
你妈妈去年不是也差点淹死吗？
没有……
她只是……她没有淹死。
她还活着。
哦。好吧。
所以，我们是不是打算看一整个夏天的恐怖片？
我不知道。要是你愿意，我们可以借别的电影。
我只是……你知道，我讨厌动画片……
这么说我们去借电影，是因为这样你就能见到……啊？

不是这样。
呵呵。开玩笑呢。
嘿……
啦啦啦！鲨鱼来了！
爸爸!!

谢谢，
女士们。
你爸爸
最搞笑了。
你没有想过，
泳衣基本上就跟
内衣差不多？
所以，现在
我们就好像穿着
湿淋淋的内衣
走来走去？
什么？
这两样东西
完全不一样。
没错，
我知道。
开玩笑呢。
别再
说了。
说什么？
玩笑。

总有一天人们会以为你不是在开玩笑。
或者，不知道你在说些什么。
嘎吱
嘎吱
哦。
叮叮
嘿，恐怖二人组来了。
嘿。
拽
冲马桶
你听詹妮说了吗？

瞧，这是阿瓦格的恐怖女主们，老兄。
这些姑娘真是重口味。
你们两个既然喜欢经典老片，你们就应该租《大白鲨》。
你们俩一定胆大包天，姑娘。你们不觉得这玩意儿很恐怖？
没有啊。并不……
大白
它不是……
它只是……
大白鲨

好吧，我……
我们只带了一块钱。
你们俩付得起这个钱吧？是不是？以后再给钱吧。
好的。
嗯，谢谢。
不客气。
布鲁斯特
视频
啪嗒
丁零零
砰

怎么了？
什么事？
莎拉。
丁零零
什么事？
GLOBEL MI
呜呜！

去死
呜呜
呜呜
怎么回事？
我想她
是在哭。
我得回家了。
我阿姨和姨夫
要来。
我会带着钱顺便
过来一趟。
看看
究竟发生了
什么。
哦。好的。
其实你不必
如此。

不，这样可酷了。我会把来龙去脉告诉你的。
哦，好吧。如果你愿意的话。
我会让你知道的。如果真有什么事情的话。
布鲁斯特DVD
通宵租借
（一天）
• 别把碟片刮花 !!!!
小心轻放
如果碟片不运转，用软布清洁
归还至：

嘿！
别占道！
哔哔！！
乔蒂阿姨！
丹尼尔姨夫！
嘿！
生日快乐，
姐姐！
嘿。
谢谢！
我们不知道该给你带什么来，于是就带了纸杯蛋糕和酒。
还有气球。

还有给我老兄埃文的啤酒。
噢，你太客气了！太周到了！
得了吧！
ELKHEAD
咔嚓！
唉！
你怎么样？
一切都好吗？
你看起来棒极了。

噢！
天哪，罗斯，你长这么大了！瞧瞧你漂亮的头发。
我正把头发留长呢。
我们把这些啤酒打开怎么样？
你知道吗？我们安顿下来之前我得先去吃点儿鲜奶油当点心。
我们为什么不进城去？
我能去吗？
嗯。
我打算跟乔蒂姨妈来次短途旅行。让我们两个单独待一会儿，好吗？

我们很快
就回来。
嘿，罗斯，
过来看看。
我们带来了
“车轮饼干”。
刮
嚓
刮

咔——
嚓！
咔——
嚓！
嚓！

嘟嘟
你需要尽可能多的时间，爱丽丝。
真可笑。我是说，他是对的。我不再是原来的那个我了。
嘟嘟
DEL
咔——嚓！
我是一具行尸走肉。
我有一些疯狂的念头。比如，我希望，我想自己还是个小孩子。于是我就可以尖叫、发疯。

这么说很可怕，可我希望我可以……消失。
你睡得着吗？
睡不着——
咔……嚓！
我能来瓶汽水吗？
当然。从后面拿一瓶。
罗斯，快到睡觉时间了。你还想喝汽水？

噢。是啊。
那就喝杯水吧。
唉。
砰！
喂！
嘟囔

飞!
漂亮。
抛
抛!
飞!

接到了！
这地方棒极了！
光是闻闻这里的空气就让人恶心！
罗斯，你太幸运了！每年夏天都能来小屋度假。
罗斯。
是的。当然。
乔蒂阿姨说她永远也不会要孩子，因为她自己太孩子气了。
丹尼尔姨夫一直试图让我喝啤酒。因此或许他不应该要孩子。

天哪，太热了！
来吧，让我们去游泳。
爱丽丝！来吧！
大家都游泳去。
我只想留下——
爱丽丝，求你了！
跟我一起去游个泳！
迁就一下你的妹夫。
丹尼尔。
不。我没事。
丹尼尔，亲爱的，别管她，我们去游泳。

来吧，妈妈。就把脚浸在池子里。
我不接受否定的回答！
来吧！
现在，爱丽丝。
我真的情愿——
抓

放松！
就加入
我们一次！
爱丽丝，
放松点。
丹尼尔！
别这样！
翻倒

哦，只是
开个玩笑——
爱丽丝。
冷静点儿。
我开玩笑的。
丹尼尔！
爱丽丝！
爱丽丝，
振作起来。

我应该过去。
为什么？她正在闹脾气，就因为她不想去游泳。
我受够了你姐姐疯狂的情绪波动！只不过游个泳而已！
丹尼尔。
这该死的小屋。我们原本都应该好好放松、寻欢作乐才对。
啪嗒！
可是，哦，不，爱丽丝可不是这样。
丹尼尔！
丹尼尔，闭嘴。

再见了，乔蒂和丹尼尔。
谁啊？
翻倒
咚咚咚咚咚咚

有人吗？
是谁？
你在
喝香槟？
今天是我妈妈的
生日。我们举办了
一个派对。还记
得吗？我告诉过
你的。
我想我知道
是怎么
回事了！
什么？
真的？
我想那个
姑娘怀孕了！

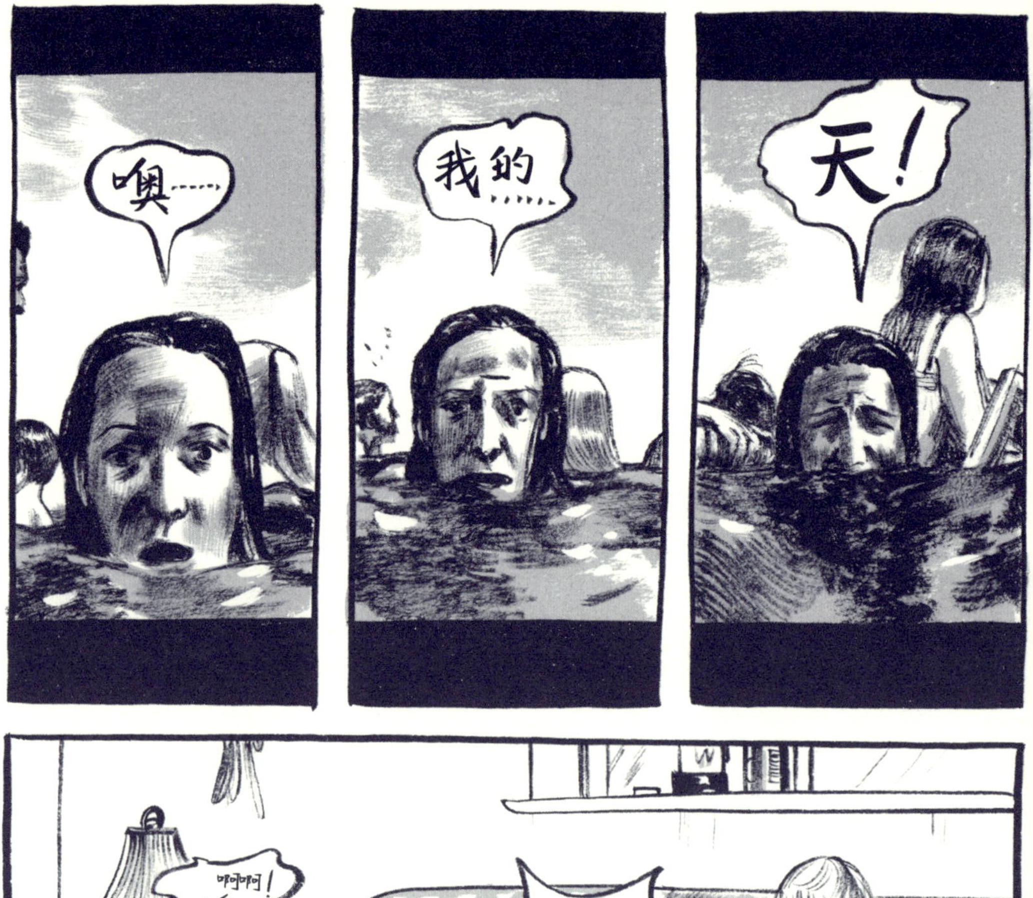

噢……
我的……
天！
啊啊啊！
呃呃呃!!
鲨鱼！
吱吱！

昨天，温迪回布鲁斯特付DVD的钱，亲眼看见了一切。
啊啊啊啊啊啊
她说，邓肯的女朋友走了进来，把一只塑料袋扔在桌上。温迪说她看见袋子里有一支验孕棒。
女朋友一句话都没说。她只是扔下袋子，然后走了出去。
鲨鱼！
啊！
啪嗒
啪嗒
这部电影一点儿也不吓人。那头鲨鱼根本就是假的。就像橡胶做的。
连他们让那个远程控制的家伙站在哪儿都能看见，一切都一清二楚。
啪嗒！
有点儿吓人。声音很恐怖。

昨晚我妈妈冲着爸爸大声尖叫。尖叫，
对着我爸爸。当时他们在屋外的汽车里，
可我透过窗户听见了她的叫声。
我阿姨和姨夫走了。

后来我妈妈一个人在屋外站了很久。

于是今天我爸爸在打高尔夫，
而我妈妈则安静地待在她的房间里。

那个姑娘
太年轻了，
不能生孩子。
她应该把
宝宝交给别人
收养。
我猜。
你觉得收养
有问题？
不。我是说，
我觉得我不会
把宝宝送走。
啪嗒！
嗯，那些人
可是在做
好事。
噢。是啊。
我是说。
是啊。

退出退出退出
跳
蹦
EEVO
嘿！你们在屋里干什么呢？
外面美极了。
我们在吃零食。
哈！
嚼！
好吧，今天天气不错，你外婆正在来的路上。

我想你最好还是出去晒晒太阳吧。
想去海滩吗？
不。天气还不够热。
让我们绕着小路走走吧。
这样你就能找到“郎”的房子了？
嘎吱
嘎吱
嘎吱
呵呵。说着玩的。
对不起。

阿瓦格海滩
私人道路
WOOD
……我们能进来吗？
这地方……真古怪。
为什么？这是房子而已。
没错，可是一切都感觉很糟糕。
嘘。
汪汪
汪汪
“吓”一定住在这儿。
天哪。温迪。

罗斯……
温迪。哎哟。上帝啊……

SLOW 5 KM
酷——
嘘……

快来！
！

一团糟。

你在干吗？！
什么都别碰！
你会得疱疹的。
人字拖不会
传染疱疹。
我觉得
或许你
会传染。
丢

嘎吱
这些都是……是街头小店里的那些家伙的。他们可没有疱疹。
他们有也说不定。
这是乞丐大本营。
这里根本就是那些家伙闲逛的地方。
没错。

ESTELLE'S TURKEY JERKY
NIAGARA FALLS CANADA
嘿。温迪。
我猜那件事就是在这里发生的。

那件事？
什么事？
还能有什么事，呃！
扔掉
我不想……回去。
现在……我们能回去了吗？
好吧。

跑去
海边吧！
罗斯！
过来！

呼

温迪！
温迪！
什么事？！
请你现在回家
好不好？你外婆
来了。
你能不能把
我的东西带去
你的小屋？
你不进来吗？

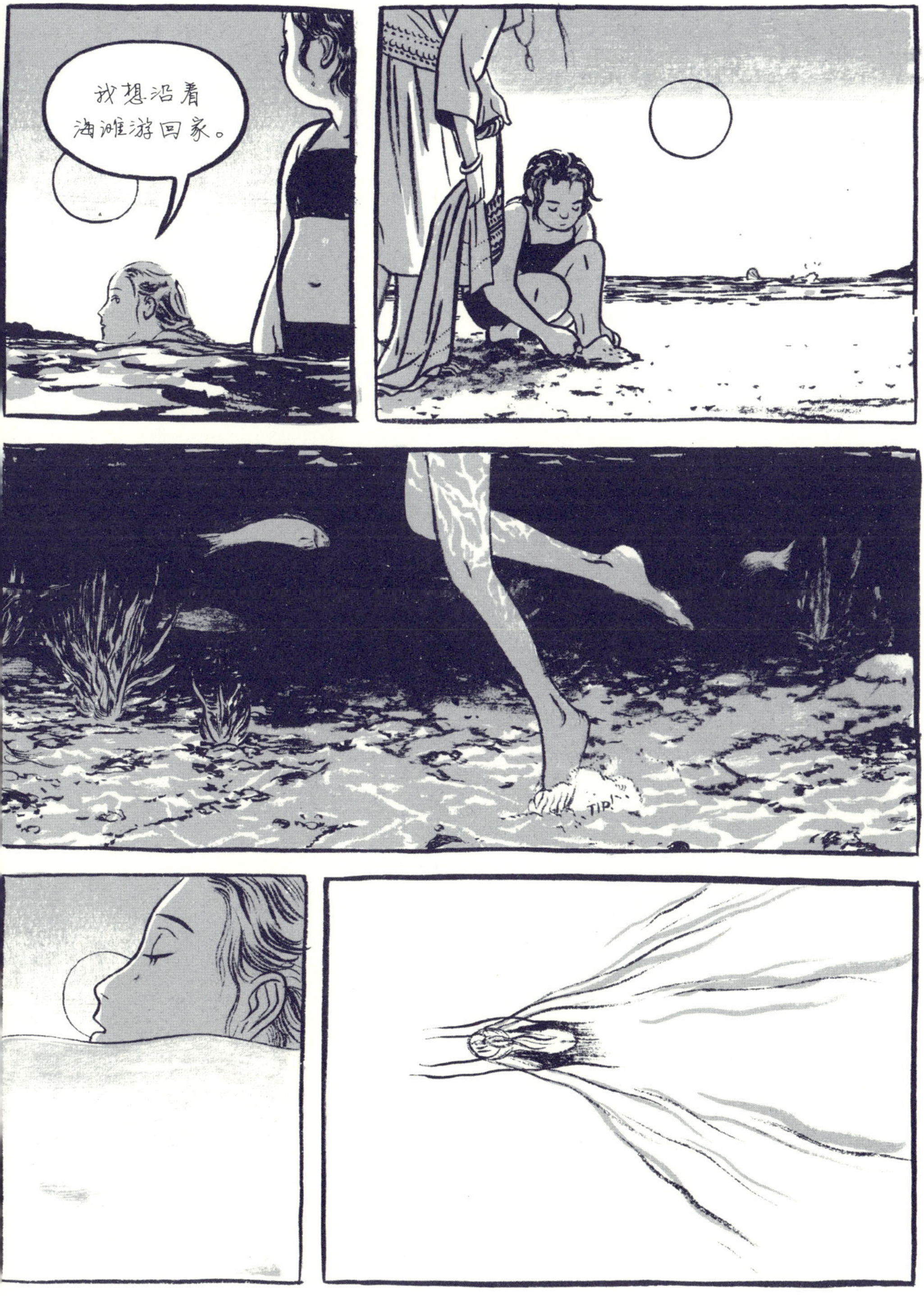
我想沿着
海滩游回家。
TIP!

哈哈!
呃!
打战
打战
打战
打战
游得很畅快?
是,是的。
听着。
我要回城里几天。
是公事。没什么大不了的。只是,呃,
我要回城里几天。

你要把我扔下？一个人？跟她在一起？
一切都会好起来的。
我爸爸有许许多多关于我出生的笑话。
他们是如何在宜家发现我的。
或者是在冷冻食品的杂货店，我就在鸡翅旁边。

或者是在通往小屋那条路上的火鸡孵化场里。
（这不可能，因为我们开始来这儿的时候我已经五岁了。）
嗯。我们吃晚饭吗？
妈妈？

今年我在基督教青年会拿到了红十字九级和十级游泳徽章。
我的老师米奇特别擅长憋气。他可以一口气在水下游两个来回。
他告诉我，秘诀就是他告诉自己他其实正在呼吸。

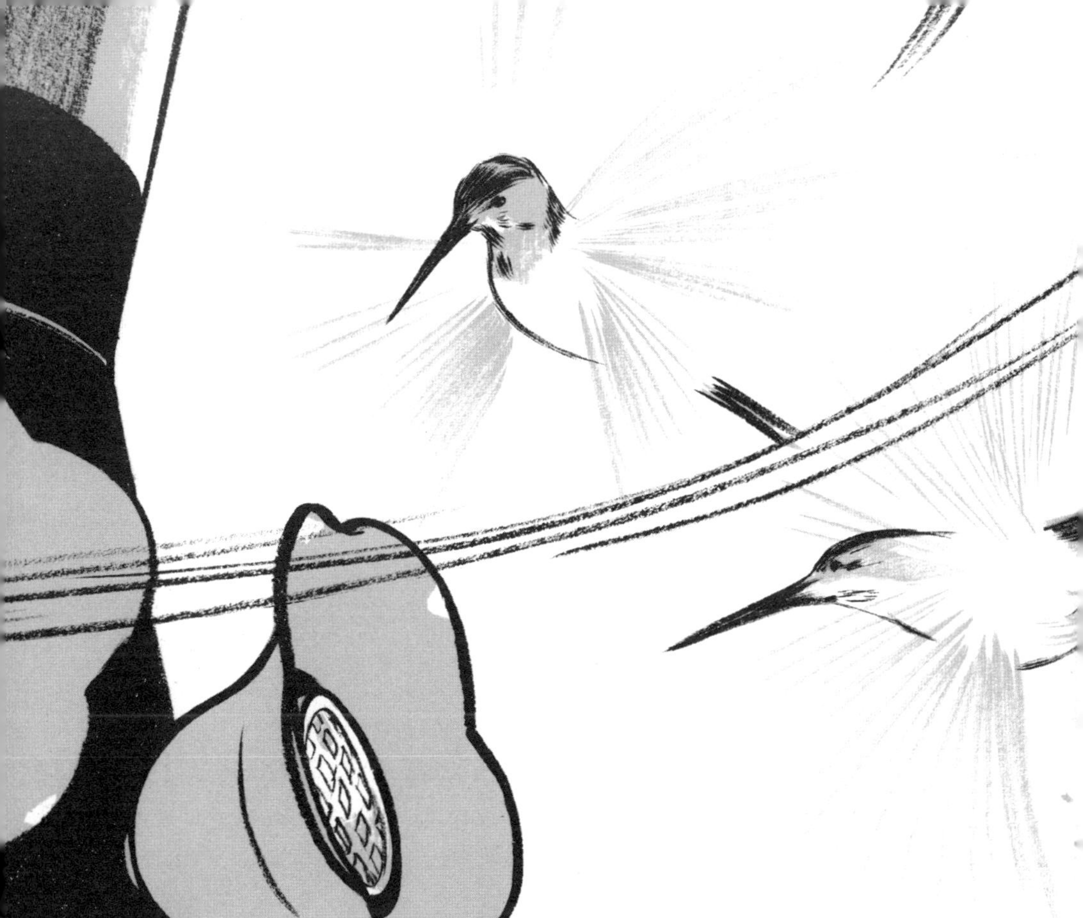

而且他会一遍一遍地对自己说："我在吸气、呼气。"

我妈妈生爸爸气，是因为我爸爸不做某些事情，或者忘了做什么事，她总是说："你可以说你想要什么，埃文，可我不会低声下气。"

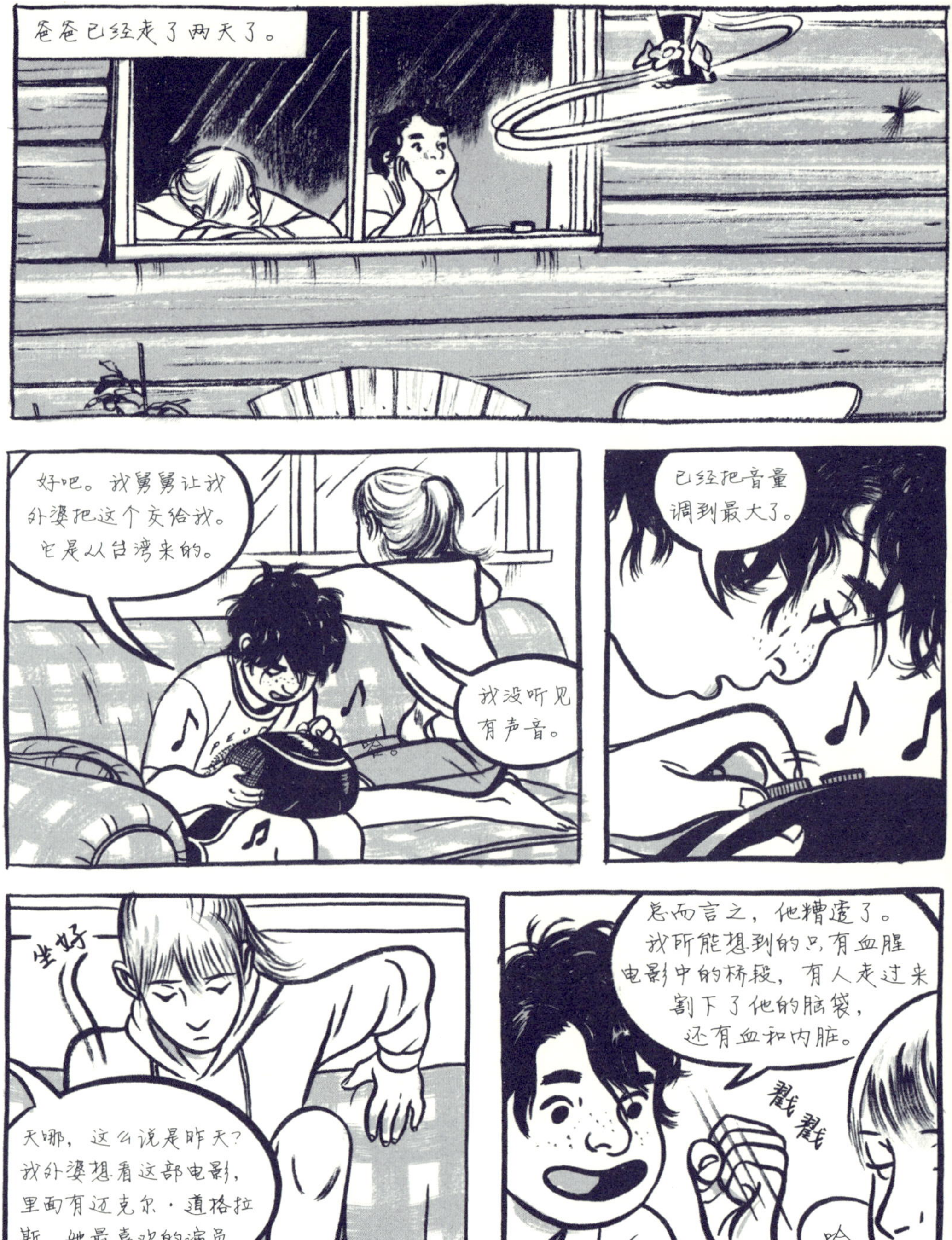
爸爸已经走了两天了。
好吧。我舅舅让我外婆把这个交给我。它是从台湾来的。
我没听见有声音。
哈。
已经把音量调到最大了。
坐好
天哪，这么说是昨天？我外婆想看这部电影，里面有迈克尔·道格拉斯，她最喜欢的演员。
总而言之，他糟透了。我所能想到的只有血腥电影中的桥段，有人走过来割下了他的脑袋，还有血和内脏。
戳戳
哈。

啊啊啊啊！血
喷得到处都是！
啊啊啊啊！！
脑袋飞了。啊！
呃呃呃！
呵呵……
今年夏天结束
以后你好像会受到
永久性创伤。
永——
久性创伤。
你不会得了
狂躁症吧。
我糖吃
多了。
啵嘤！
不见
得吧。
那么，你觉得
你爸爸什么时候
会回来？
素食
生活！

他会回来过周末吗？
素食生活！
根茎
我不知道。他回城是……是为了处理工作上的事。他很快就会回来的。
你爸爸会来吗？
我爸？不。他整个夏天都在夏威夷上班。
啵嘤
拽
你觉得你妈妈会不会想再要一个孩子？还是有一个就够了？
她不会再生了。我有一次问过她这个问题，她说不。她只想要我一个。
拉拉链

我太
完美了。
拉拉链
太好了。我的意思是，如果她真是这么说的话。
那么，你想不想看看我在盖亚露营队学的舞蹈?
那个女同志露营队?
她们不全是女同志。
VEGOUT!

好吧。
好，舞蹈的名字叫克鲁克因。
点头点头
通常情况下都是一群人一起跳。

哈
哈
哈
哈
哈
哈
哈
哈
哈
没什么好笑的！
哈
哈
哈
哈
哈
哈哈
哈
哈
哈
哈
哈
哈

哈
哈
哈
哈
看上去真滑稽！你的样子就像癫痫发作了似的。
嘿。嗯。
你没事吧？
我妈妈说我应该对你留点神，因为你好像正在经历某些事情。
呵
呵
呵
呵
我没事。
好吧。说不定我外婆会给我们做处女鸡尾酒，你想看看吗？
嘿，外婆！
外婆！

谁在大喊大叫？现在几点了？
外婆！快乐时光到了吗？
咳咳
要不是你像个码头工人似的对着我大喊大叫，我才不干呢。
哔哔

姑娘们有没有度过一个愉快的下午?
哔哔嘟嘟
罗斯呢?
挺好的。
亲爱的……
要是你想谈谈……
我得走了。
你干了什么?

嗡嗡
哒！
砰！

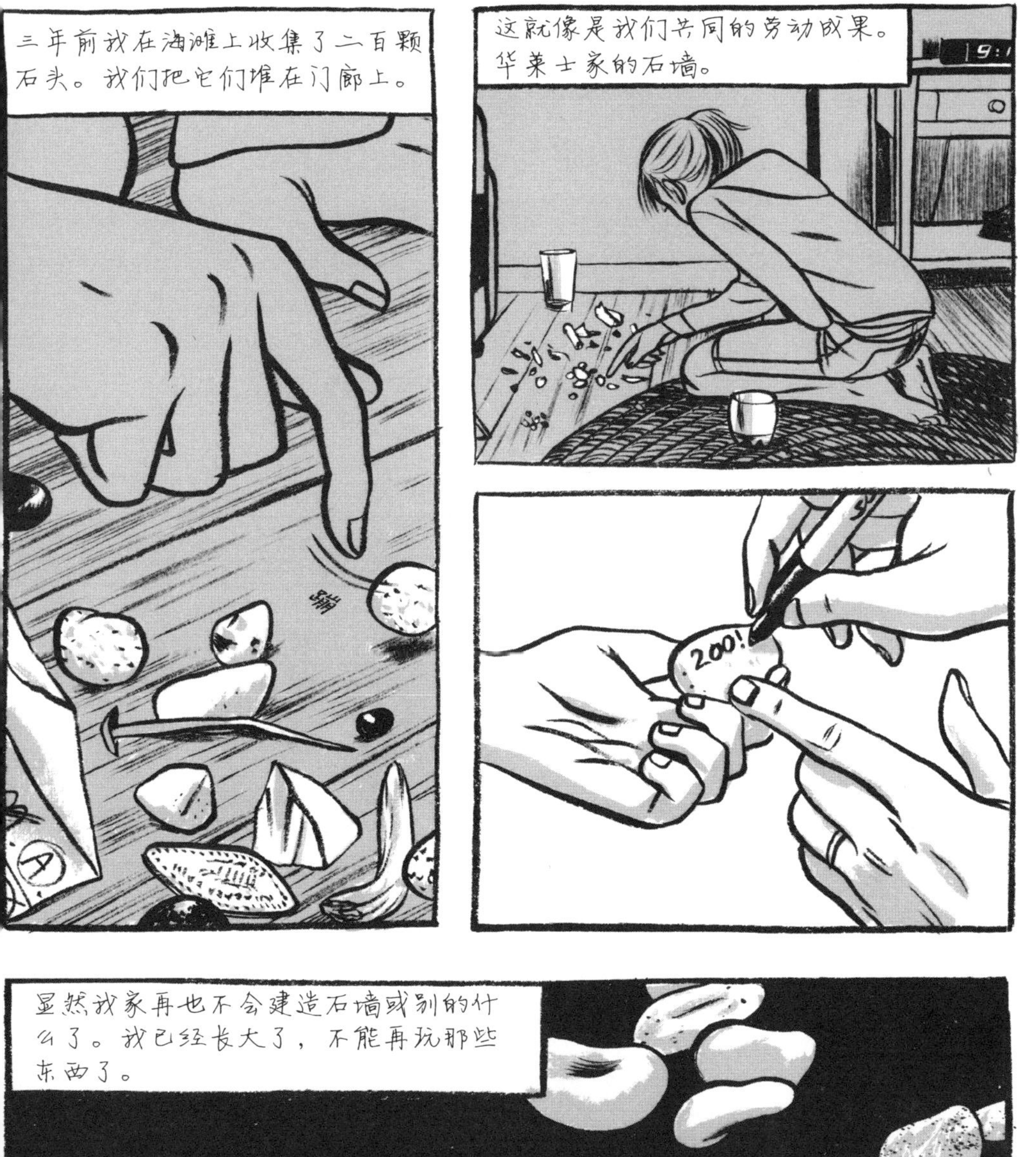
三年前我在海滩上收集了二百颗石头。我们把它们堆在门廊上。
蹦
这就像是我们共同的劳动成果。华莱士家的石墙。
200!
显然我家再也不会建造石墙或别的什么了。我已经长大了，不能再玩那些东西了。
NIAGARA FALLS
CANADA

丢下

丁零零
吸气

扑通
扑通
Brewster's
丁零零
你知不知道两年前莎拉的姐姐说是跟查理·波特沿着小溪散步，后来却怀孕了？

我叔叔说那是他们把休伦巫医或诸如此类的玩意儿埋葬在那里的缘故。
你叔叔吸毒。
你不能不相信科学。
100% CANADIAN BEEF
谁说我们沿着小溪做什么了？
噢，这么说你们只在那里聊聊天？
谈谈你们的感——觉？
闭嘴。
100% CANADIAN BEEF

对了，你得跟她谈谈，伙计。
知道吗？我是站在你这边的，好吗？
100%
可莎拉现在快崩溃了。
嘿，老兄，你还是处男可不是我的问题。

谁说我还是处男？
莎拉又不是坏女人，老兄。
100%
NADIAN
BEEF
呆瓜。
唉
她有可能根本没怀孕，对不对？你说过她还是得去看医生。
你得给她打个电话，朋友。

噢！
嘿。
呃。你想进来？
啊。是的。
FRIDAY THE 13th
COLD BEER

这个……
这部电影？
嗯。
《大白鲨》？
一点儿都不恐怖。
哦，是吗？
哈。
好吧，它真的很老了，我猜。
翻
翻
没错！里面还能看见穿西服的家伙呢。你注意到没有？

4.95 美元。
滑
或许这孩子不是他的。
不过他还是应该给她打电话。
我不知道这里的人做不做DNA测试。
是啊，因为这地方太小了，是不是？
他们可能连个实验室都没有。我不知道他们在哪里生产避孕套。
我敢肯定他们可以把东西送到城里去。
布鲁新特 视频

风干
啊！
等等。避孕套？那个可不是要孩子的时候用的。那个是强奸的时候用的。
我知道。
好吧。这是两件事。
我想“吔”可付不起DNA检测的钱。
亲亲亲……吻吻吻
而且我跟你打赌这孩子是他的。
也许不是他的。
不
你为什么觉得他不想打电话给她？
天哪！
呃呃呃呃

你们到底在看什么？
噢
啊！！
救命！
老天爷！
是部电影——
说露营的。
《露营者》。
把声音调轻点儿。太吵了！
呵 呵 呵 呵 呵 呵 呵 呵
敲 敲

这部电影里的姑娘呢——老是尖叫。
好像她们除了尖叫没干别的。
没错。
好吧，我是说，她们被刺伤了。所以……
呃呃呃呃!!!不不不不……
我只是随便说说。似乎这部电影里发生的每件坏事都是因为一个姑娘。你注意到了吗？
明明要是你不去漆黑一片的地方大声喊叫，就不会被刺伤。
风干

要是他们不去救这些没有自救能力的傻姑娘，就不会死那么多人了。
我想是吧。
砍
砍
砍
嗨
呃
呃呃
呃
呃
呃
呃
呃
呃呃
呃
呃
呃
呃
呃呃
呃
呃
啊啊啊！

砰
吱吱
吱吱
吱吱！
嘶
叽叽
叽叽
嘶嘶嘶嘶嘶
吱 吱吱吱吱吱吱吱吱吱吱
沙沙
沙沙
吱吱！
叽叽！
吱吱吱吱吱吱吱吱
吱吱吱吱吱吱

咝 咝 咝 咝
吱吱！
咝 咝咝
丝……
吱吱！
吱吱！
吱吱吱吱吱吱吱吱吱吱吱吱
吱吱！
吱吱！
吱吱！
呼呼

砰！
呼哧
呼哧
呼哧
呼哧……
呼哧……
哈哈！
呼哧……

布鲁斯特DVD
通宵租借
（一天）
别把碟片刮花
小心轻放
如果碟片不运转，
用软布清洁
归还至：

四天了。
取阅

EXIT
嗯。好吧，欢迎来到
休伦村遗址。嗯，在这里，
历史将鲜活地重现
在你眼前。
噢，快看，他们
后来在这里举行了
一场帕瓦仪式。
真有意思。
年轻人，
你们的休息区
在哪儿？

嗯，这是你们的腕套——
可以凭它让你进博物馆——
还有你们的日程表，今天
所有有意思的活动项目
都在上面。
噢，呃，
肥皂制作工坊
取消了。
噢！你们想去
看《休伦》这
部电影吗？
妈妈。
嗯。
好吧。
我已经看了
一百遍了。

我们一小时内回到博物馆附近，在这儿见好吗？
好的。
一个小时？！
还记得我们第一次来这儿的时候我被巫医吓坏了吗？
记得。你当时大哭了一场。
没错。那家伙长相诡异。
可我却并不认为他是休伦人。

这里没有休伦人。我想他们全都是白人。或许那家伙除外。
那家伙不是休伦人。他像是中国人。
前往下一站的人围在我的周围好吗?
约瑟夫。别胡闹,听话。
谢谢。
如果你们安静地站着,你们就能听见这个村庄里所有奇妙的声音。

想象一下几百年前生活在这里是怎样一幅场景……
……闻着炉火散发的烟味，听着村里的喧嚣……
……铁匠的锤子发出的叮当声。
排泄物的气味。
The OUTPOS

绊倒！
妈—— 妈——

还有
多久?
还有
二十分钟。
啊！这地方
太傻了。那些带
孩子来的人实在
太愚蠢了。
你想去
投个篮吗?
真的?
我不知道。
或许干点儿
什么……
会好些。

嘿，看。是那个姑娘。
是那个“邓”的女朋友。
大家集合好吗？

这是我们在村庄的最后一站。在我们进博物馆之前大家还有问题要问吗？
有。嗯……
他们用什么避孕？
你说什么？

我说了。
他们用什么——
避孕。
比如用松鼠皮或诸如此类的东西做的该死的避孕套。
哎呀呀。
HOLLISTER

干脆什么也别用了。
是不是，詹妮？
嘿。够了。
好了。
还有人有问题吗？

没有了？好吧，请沿着红色的鹿脚印进入博物馆……
……谢谢你们来到遗址村……
真恶心。我要去找经理。
哈哈！
你在干吗？快来！

ZEPPELIN
呜呜

詹妮？
噢，天哪！
噢……什么事？
要我开车送你回家吗？

呜呜！
嘿。
会没事的。
吸气

他会给你打电话的，是不是？只是，你知道。
给他点时间。会好起来的。
撞
噢！
罗斯，瞧瞧这个！是个学生自己做的。
或许我们可以回来做个烛台。
你们觉得呢？
真漂亮。

你们想
留下看帕瓦
仪式吗？
我想我得
回家了。
我说，是时候
来杯鸡尾酒、
打个小盹了。
那好吧。
我们回家吧！
你没
事吧？
什么？
滑过

你没事吧？
发生了什么？
没什么。

7月14日 20
嘿，老兄！
只是个短

爸爸说我小时候，在小屋的十天中至少有三天会下雨。
滴答
滴答
滴答
滴答
滴答
滴答
滴答
滴答
滴答
滴答
滴答
滴答
滴答
不然湖泊就会干涸。
滴答
滴答
滴答
他说这样我们就不会乐极生悲。
罗斯？
咚咚
咚咚
也不会永远留在这里。
你想吃个三明治吗？
此时此刻，我只希望爸爸在这儿。
我就当你拒绝了。

滴答~ 滴答~
我知道你在生气。
罗斯。我没有把你爸爸赶走。
他需要些空间。就像你有时候需要空间一样。
我喜欢妈妈平常的样子，她会说：“噢，我就知道你会这样。”
啪嗒

你爸爸和我。
你还是想要个孩子。
不。我——
那这些书怎么还在这儿？我是说育儿书。
噢，罗斯。
Bikini Kill
当……当你爸爸和我开始尝试的时候，我不知道——
噢，天哪。闭嘴！我不在乎！

砰
滴答
滴答
滴答
滴答
滴答
滴答
滴答
滴答
滴答
滴答
滴答
滴答
滴答
滴答
滴答

你到底为什么来这儿？
你又不游泳，你连海滩都不去！
要是你那么讨厌这个地方，该回家的人是你。
不是这样。
不是——我真希望自己能解释……
因为你总是我行我素。你总是让所有的事情都变得悲伤。

我敢打赌你还在尝试生个孩子！
爸爸根本不想生，你知道的。
罗斯，不是——
爸爸有我就很幸福了。
滴答
滴答
滴答
滴答
滴答
滴答
滴答
可你压根不想幸福。
滴答
滴答
滴答
滴答
滴答
滴答
滴答
滴答

滴答
我不知道。
我不……
啪！
别管我。

别跟着我。

嘿，小姑娘！在闪电风波的时候还是别坐在伞底下吧。
没有闪电。
随你便吧。
呜呜呜。告诉我该怎么办。
有些教训很难学到，小姑娘。
没必要自作聪明。

嗡嗡嗡嗡嗡嗡嗡嗡嗡
INCOMING CALL

昨天在温迪家我们看了一部电影。电影里的家伙走进人们的梦境，然后杀了他们。他的皮肤就像瑞士奶酪一样。
我们去租影片的时候郎肯不在店里。只有另一个家伙一个人。他的T恤上写着“FBI：联邦奶子巡视员”。
温迪指着T恤上的字，当时真是尴尬极了。
F.B.I.
FEDERAL
看完电影，伊芙琳阿姨说我可以在她们家过夜。尽管温迪吓得够呛，她还是很快就睡着了。可我睡不着。
咿咿咿咿!!

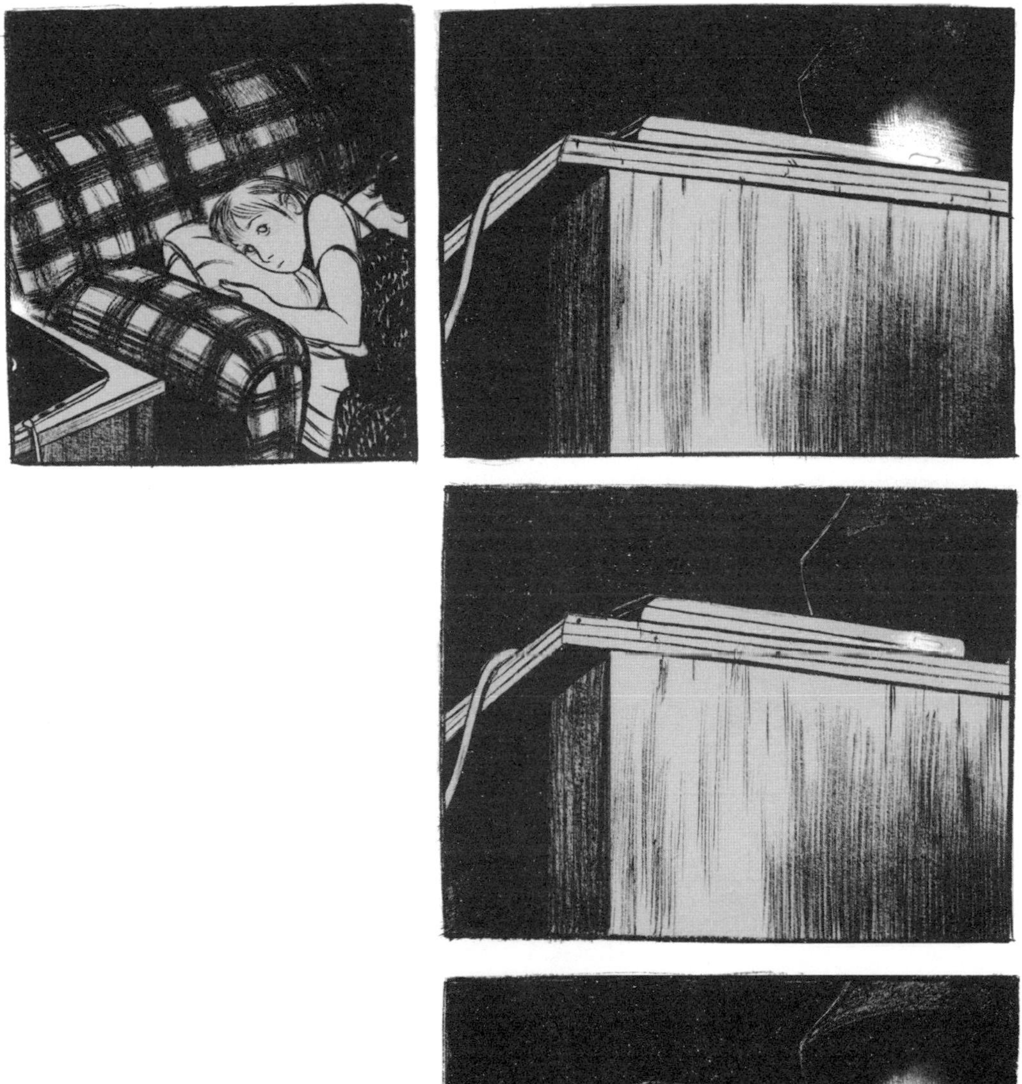

你外婆打起呼噜来就像个男人似的。真的好大声。
没人打呼噜比我外婆更响。
仿佛这世界上个子最大的男人的呼噜声都不比她响。
我们家没人打呼噜。
你真幸运。

只剩下四天了。
是啊。
真奇怪。我们永远都不会知道“邓”和那个姑娘之间究竟发生了什么。
浸没
这就像一部我们只看了头两集的电视剧。
什么？
没什么。
我觉得她对他不忠。

为什么
这么想?
在遗址村的
时候，我看见她
跟另一个家伙
在一起。
他们
接吻了?
她好像在哭。
不过是跟另一个家
伙。他们互相拥
抱。有身体接触。
不一定非得
亲吻某人才
算出轨。
我打赌她
一定背叛了他。
出轨。太典型了。
是没错，可是
那家伙可能是
其他人。
说不定她
有个哥哥。
是的。
当然。
你怎么知道
她有个哥哥?

你又怎么知道她没有呢？
好吧。她或许根本没有哥哥。谁会跟哥哥拥抱？
我敢肯定她当时一定很难过。也许那个“邓”还是没有打电话给她。
随便吧。或许她就是个荡妇。

呸
你怎么会那么不喜欢那个叫詹妮的姑娘？现在你怎么会那么讨厌她？就好像……就好像你厌恶她是因为她怀孕了。
我没有不喜欢她。
我只是在想——
我觉得姑娘们没法好好照顾自己，把一切弄得一团糟，这真是太愚蠢了。也许她就是活该。

好吧，但是……
你为什么那么关心她？
不，我没有……
我只是……
温迪，这里所有的姑娘都是荡妇。
只是……
那么说有点儿……

……有点儿
性别歧视。
什么？！
好吧，妈妈。我最好还是别在你面前说“荡妇”这个词了，不然你会大发雷霆的。上帝啊。
不是这样。
你在开玩笑？

你去
哪儿？
我眼睛里
进肥皂了。
浸没

浸没

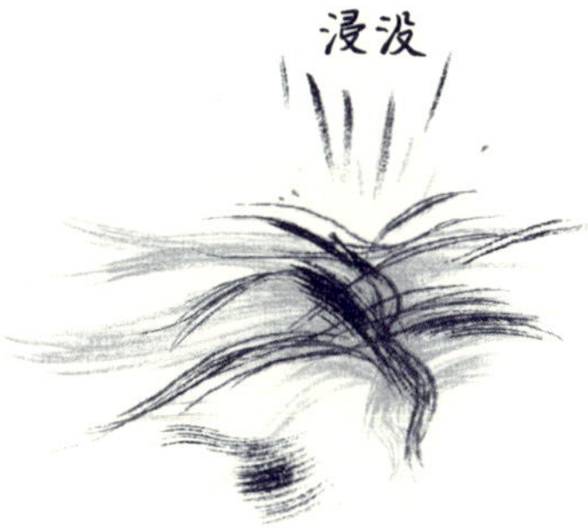
浸没

嘎吱
嘎吱
嘎吱
嘎吱
嘎吱
嘎吱
嘎吱
真他妈差劲。
没错，老兄。
你不认为她在撒谎或诸如此类的？
老兄，我不这么想。只是……该死的。
丁零零！
……天哪！是她。
她想让我陪她去看医生。好像我已经成了该死的爸爸。
丁零零！

事情越来越糟了，邓肯。糟了。她疯了。
丁零零！
真该死。
丁零零——哔哔
瞧，好吧。我是站在你这边的，对不对？毫无疑问你是我的兄弟。
没错。别让她对你施压。
随便。
我的意思是，你说你根本不知道这孩子……呃……是不是你的。
是不是？
?
不。我是说、
我是说，我不确定。

詹妮可能会出去避避风头，老兄。
是啊，老兄，你根本什么也不知道。
你们能不能都把嘴闭上。
嘿，你需要什么吗？
不。
丁零零
怪小孩。
咚咚

IEN
LLER
FOR

ESTELLE'S TURKEY JERKY
沙沙

CHOC
CHOC
CHOC
1%
CHOC
CHOC
CHOC
我并不是想让他做我的男朋友什么的。他好像有十八岁。那太堕落了。
外星杀手
我只是觉得。
邓肯

如果她是这样的人，
他应该知道。
她是个骗子
我觉得她是个骗子！
呼呜——
外星杀手
嘿！
我觉得她是个骗子！

莎拉？
莎拉！
你回来了？该死的怎么回事，姑娘？莎拉，过来帮我把这件该死的事情搞定！
外星杀手
我觉得她是个骗子！
喂！喂！喂！谁在那儿大吼大叫？
噢。嘿。

呃。
怎么了？
我——
呃。你是不是……呃……
你在找东西？
我……

我当时，
呃，在遗址村，
然后……
然后……
呃。
你回这儿来
干吗？

这有些，呃，越界了。
邓肯？
喘气！
邓肯，莎拉在那儿吗？
该死的！

不在！
天哪，老兄。
对不起！
噢！
呃。嘿。

我只是在找……
该死。你的膝盖……
你没事吧？
沙沙沙

14

我以为一切都会恢复正常。我猜某种程度上确实如此。只是他们不跟彼此说话。
像是故意这么做似的。好像这突然变成了一条规定。或是一个游戏。

然而今天午饭时爸爸开口了：
“谁来帮我点篝火，爱丽丝？”
我妈妈只是说：“好的。”

捡些
小树枝。

对，比那个再小一点儿就行了。
不要棒球棍，姑娘们。

不要绿色的，
也不要有根的，
好吗？
要长得像
铅笔似的。
确保是干燥
的树枝。
完美。瞧瞧。
完美杰作。
我想你们每人
再捡一捆就
够了。
要长得像
铅笔的。
我知道
铅笔长
什么样。

你们何不回家
吃点儿
果塔饼干？
哒哒
哒哒
呼……
请你告诉你妈，我的茶里别放奶。
嘎吱
嘎吱

你不是个坏妈妈。这世上没有坏妈妈。
呃。外婆说她的茶里别放牛奶。
噢，该死。
噢，嘿，姑娘们。
好的。茶里不放奶。
不要牛奶。明白了。
嘿，你知道我刚刚意识到什么吗？我们没有棉花糖了。
你想去布鲁斯特看看吗？
当然……
谢谢，亲爱的。罗斯呢？你愿意吗？
罗斯。

好吧。
是的。
上帝。
卷
啊啊啊啊
啊啊
啊
啊啊
啊

你爸回来了，
真好，嗯？
是啊。
当然。
他们
还吵架吗？
吵。
吵
什么？
孩子。
丁零零
或者，
什么都不是。
我不知道。

有人吗?
↑
买棉花糖
的钱

朋友！
哎哎哎！！
噢，天哪！
哈哈
不！！
哈哈哈
该死！
吸气……
呵！
哈哈哈！
呵呵呵

轰——
吠——
咔——
咔咔咔咔咔咔!!
吱吱吱吱吱吱吱吱吱吱吱
当心!
该死的怎么回事?!

咔！
噢，该死！
砰

摇晃
嘎吱嘎吱

该死的
混蛋。
你觉得自己
酷得要死……
可你只不过
是个人渣。
哈哈。

躲避
你能不能让她离开这里？
该死的成熟点，邵肯！你为什么就不能拿出点男人的样子，处理一下你的烂摊子？
你在教我该怎么做吗？真是太滑稽了。

该死的，我才没有在教你该怎么做，你这个王八蛋。
冷笑
GROCERIES LOTTO CANDY DVD'S
去看医生。把该死的证据拿来。然后我们再谈。
去死吧，混蛋！
噢，天哪……
推
好吧。有谁想去海滩？
凯文，闭嘴。

所以？
所以什么？
撕
我们应该为他们留点儿脆香米的。
我只有一个了。
妈妈。
啊！物资供应到了。
好了，让我们点火吧。
那么多木头！都可以用来建个小木屋了。

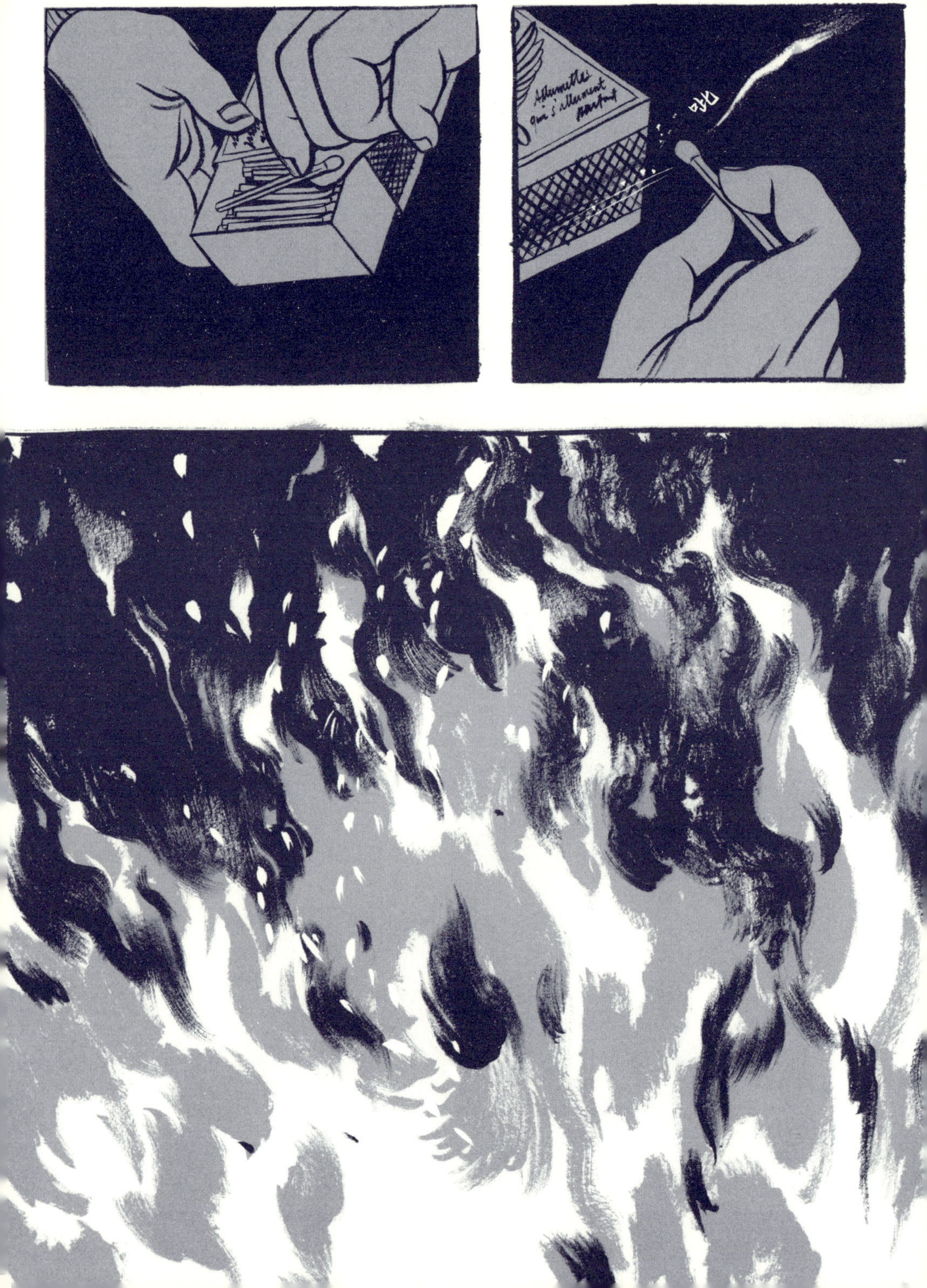
Allumettes
qui s'allument
partout

Allumettes
qui s'allument
partout
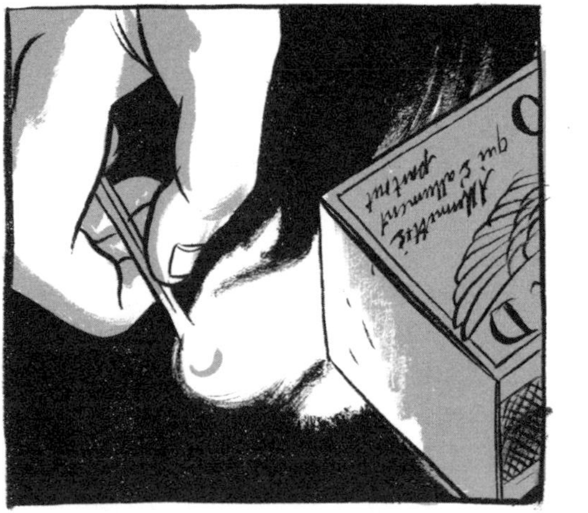
Allumettes
qui s'allument
partout

脆香米

嗞
扑通
嗞
你知道吗？要是烧糊的东西吃得够多，你就能拉出煤炭来。
嗞
噢。没事吧？
看那些星星。

真美。
CRCK

这场派对需要来点儿音乐。
真希望我会吹口琴或者会演奏别的乐器。
拍
温迪，我们为什么不把你外婆带给你的那样东西拿过来？
凯。

我要回小屋一趟。
爱丽丝，你需要什么东西吗？
不要什么了。谢谢。
摩擦
我的手黏糊糊的。
去水边洗洗。

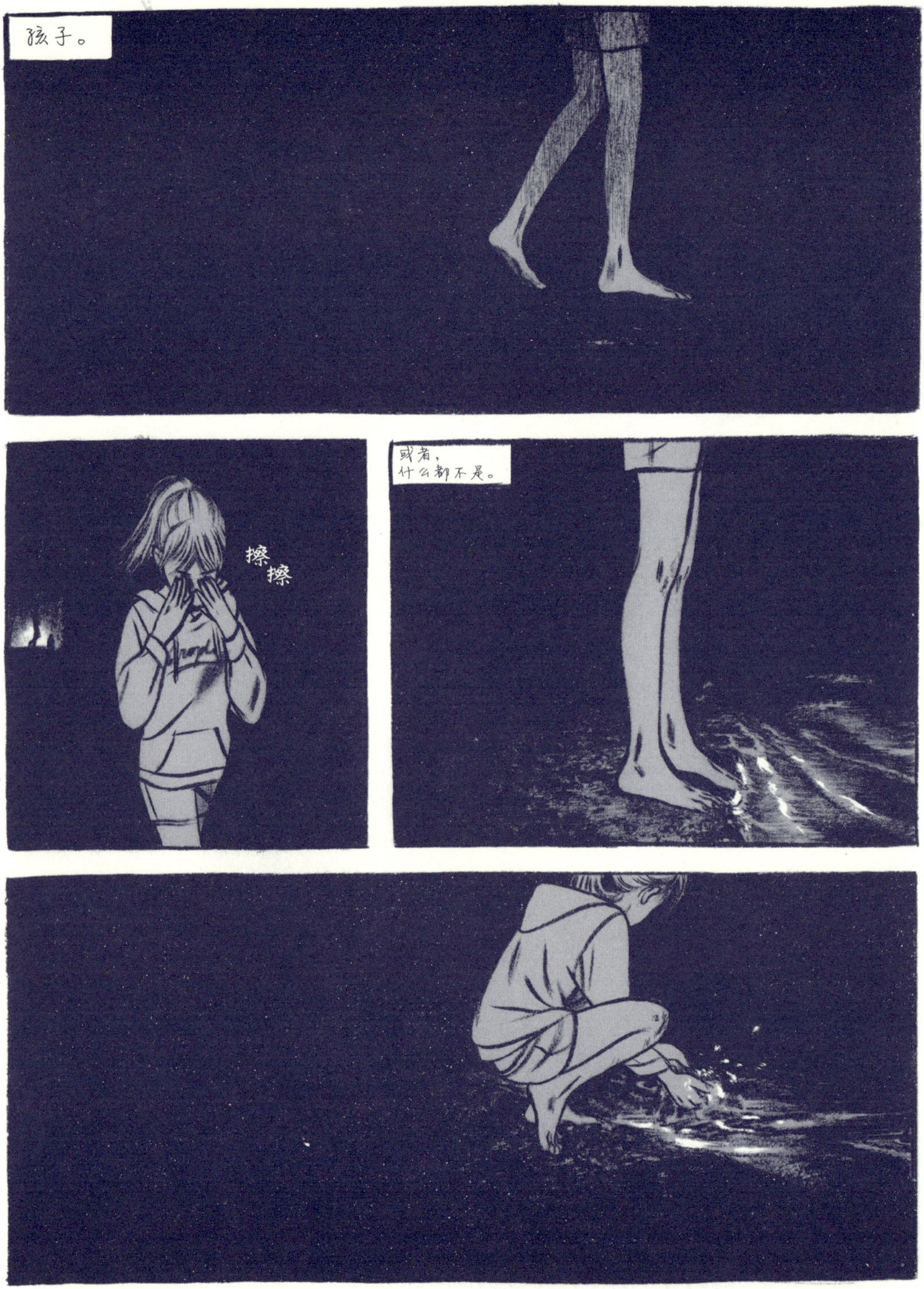
孩子。
擦擦
或者，
什么都不是。

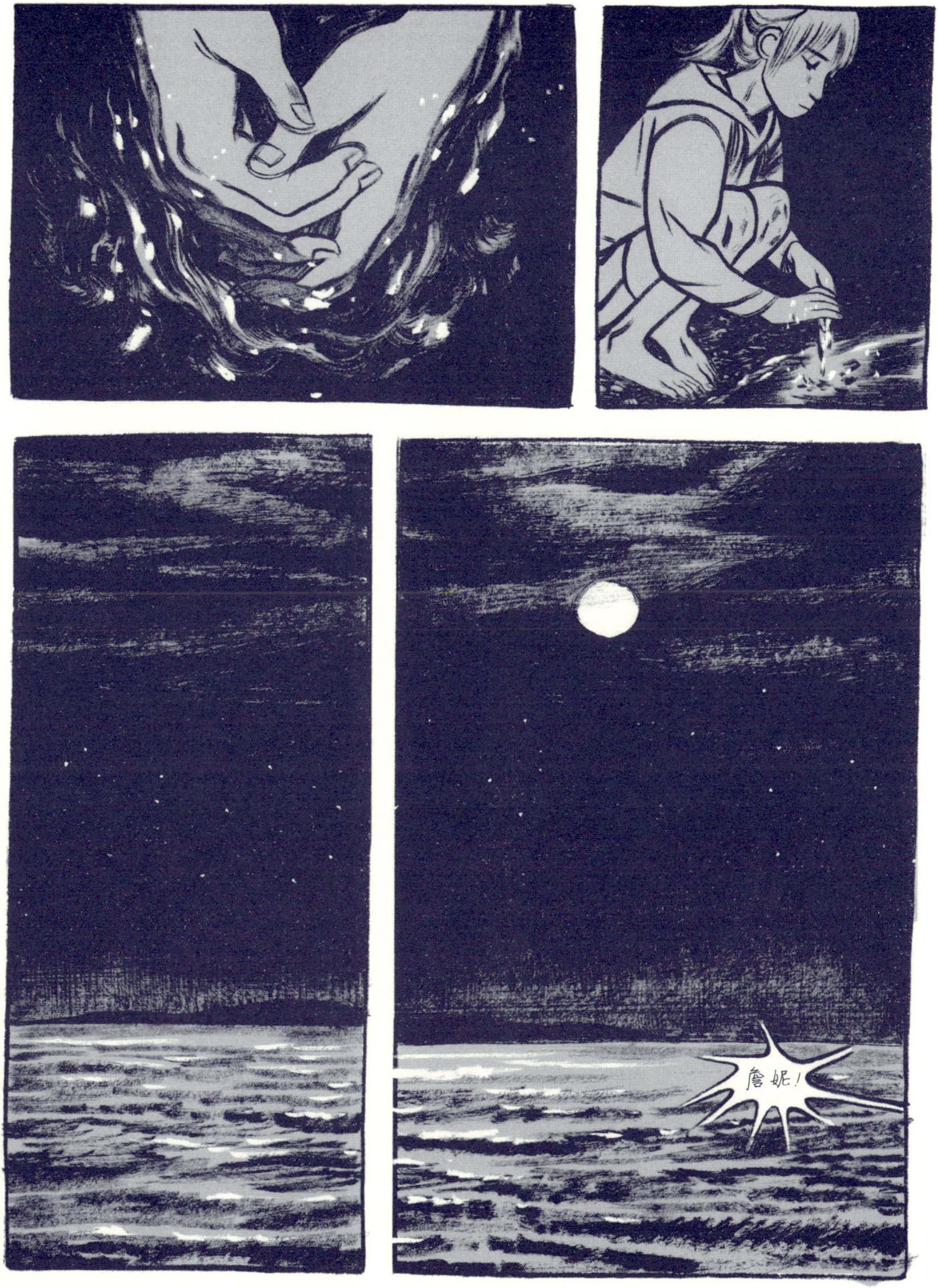
詹妮！

??
詹妮！该死的！！
詹妮，过来！
詹妮
你在哪儿？！
詹妮……
詹妮！！

喘气

妈妈！
妈妈！
在这儿！
詹妮?!

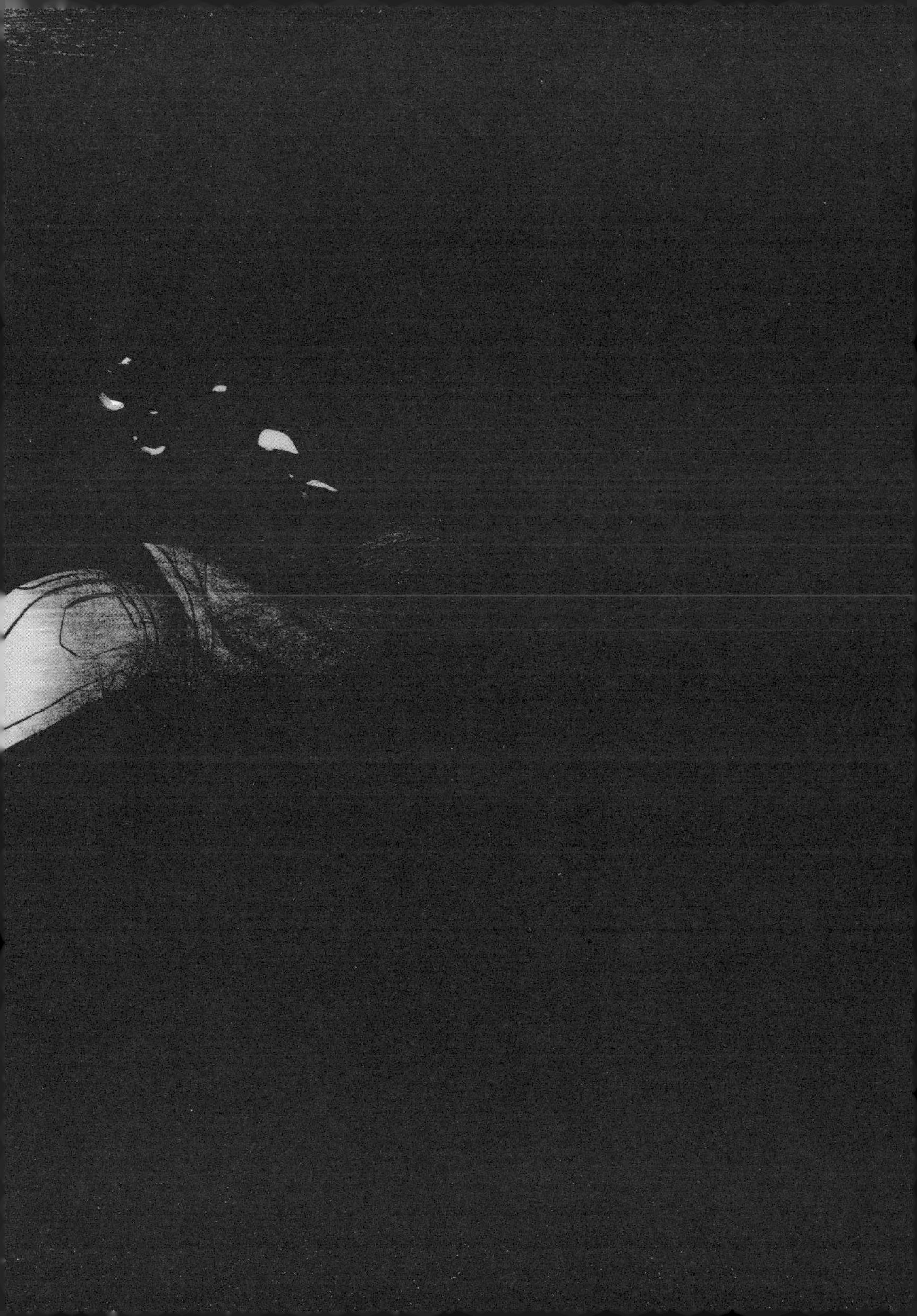

我妈妈告诉过我。
过去也常常对我说。
在我出生前她就曾梦见过我。

你觉得
她是不是想把
自己淹死？
你觉得呢？
天哪。我连想
都不敢想。
她喝得
烂醉。
可怜的
姑娘。
我想
“那家伙”
就在那儿。
哈
那家伙
是谁？
这个夏天彻底
结束了。无法
想象它竟然
如此短暂。

道格拉斯?
温迪说他很恶心。
哈！我觉得罗斯钟情于她的游泳老师，米奇。
她的选择多着呢。
哈哈。现代女性！
今晚你救了那姑娘的命。我觉得值得再喝一杯。
嗯。

你知道的，
自从去年以来我一直都不曾下过水。
我流产了。失去了孩子。
去年。在水里。
我当时在游泳，然后我感觉到孩子，没有了。
噢。爱丽丝，我并不知道。

你读过文章。
我知道这是最自然的事情……
是的。好吧。大自然母亲并非总是世上最善良的人。
她是个坏女人。
是啊。有时候她就是个坏女人。
这是那个卖素食食谱给我的姑娘说的。
我是个素食主义者，不会胡说八道。
擦
哈哈……是啊。

我当时已经怀孕六周了。你知道吗？我们才发现。我们没有告诉罗斯。
天哪，我实在烦透了再为这事儿流眼泪。
爱丽丝。我很抱歉……
可是爱丽丝，你应该告诉她。孩子们……
他们会明白的。
我知道。

我记得我八岁时，冬天的时候，我们为了什么事来到这里。我也不记得是为了什么事了。
我当时生气极了，因为我不想看见落着雪的阿瓦格。于是我假装肚子痛，这样我就不用去了。
我想把阿瓦格最美的一面留在脑海中。
我想那就是夏天的阿瓦格。就像现在这样。

你在干吗?
挖个洞。
为什么?
我就想挖个洞。
噢，天哪。以前我们似乎每天都那么干。
那么，等你的洞完工以后你打算干吗?
我再也不想看恐怖片了。
好吧。那就别看。
我妈妈说我睡着的时候像是在喊胡话。
真的?
嘿，我们可以挖个隧道，一直通到水里，让洞里注满水。就像……壕沟?
挖

不要。我只想要个洞。
凯。
你知道那姑娘到底怎么了吗？詹妮？
我妈妈说他们把她送去了医院。
他们告诉她，她一直在说话。
真奇怪。我妈妈把我带回了家，当我醒来的时候我睡在另一张床上。
这让我想起一直以来我爸爸都是怎样把我带回家的。
没错。以前我在你们家的小屋里睡着以后，我爸爸也是这么做的。他会告诉我是我自己走回家的，但我敢肯定是他带我回去的。

你们什么
时候回城？
星期天。
我得去拿校服。
还有课本
什么的。
给你的大胸部
穿的少女胸罩。
没错。
我的超级
大胸。
嘿，知道吗？
现在这里可是
公共海滩。
这个洞
真棒。
是啊。你
想不想坐在
里面？
当然。
啊！
等等，
我要拍
張照。

说“胸部！”
开玩笑的。
2:15
丁零零
NOTICE
SOLD HERE
呵！你来还这个？
是的。
按时？
啊，是的。
让我们瞧瞧里面有什么。
砰

好嘞。《猛鬼街》？这是你借的？
呃。不是。这是我……爸爸借的。
CLOSED
因为这是部限制级影片，不是给孩子看的，对不对？
好吧。
摇晃摇晃
NIGHTMARE
嘿，马特！记录本在哪儿？
马特！
衣服挺漂亮，人渣。
随你怎么说。
THE MAN
THE LEGEND

随你
怎么说？
对不起。
你还要
别的吗？
不。
不用了。
马特。你看见
这个了吗？我
讨厌这些电影。
那些家伙会让
你做噩梦。
是的，
我知道。
嘿！
噢！
嗯。嘿！
嘿。
呃。那个人
是你妈妈，
对吗？
嗯。就在
几天前？
是的。

你能不能告诉她，那个姑娘叫詹妮？无论如何，詹妮说“谢谢你们”。
告诉她詹妮现在很好。
ROLLL
当然。我会的。
嘎吱，
嘎吱
詹妮。

很好。现在。
我不知道这是否意味着她会把孩子生下来。无论那个“邚”是否给她打电话。
但愿她一切都好。
但愿这是真的。

趁还来得及，赶紧多呼吸几口阿瓦格的空气吧。
ACURA
我只闻到汽车的气味。
好吧。你得做深呼吸。
还记得我们以前曾经试着把这味道留在我们的肺里吗？
记得。我们从未成功过，因为那是不可能的。
尽管现在我能闻到树的味道。
吸气
呼气！
那是我妈妈最喜欢的味道。

那么，我猜我要明年才能见到你了。
我想是吧。我们总是到这里来消夏，对不对？
嘿，或许今年你可以来我妈妈在城里办的“夏至派对”。
也许吧。
噢，嘿，我要送你一件礼物！
真的吗？
哈哈。谢谢。
你明年夏天一定得回来。那样我才能瞧瞧你的大胸部。
嗅

嘿，孩子。要不要去看看你的东西是否都收拾好了？
好的。
再见，华莱士叔叔。
别惹麻烦，温迪。
检查一下抽屉和床底，好吗？
好的。
拉
砰

咕噜
准备好了。
好了。准备好出发了吗?
咔咔

好的，第一程我来开。

有谁想要火鸡肉干？最后机会。
讨厌。
我同意。
转动

滴答
滴答
或许我会拥有大胸部。
滴答
滴答
滴答
滴答
滴答
滴答
滴答
滴答
滴答
滴答
滴答
滴答
滴答

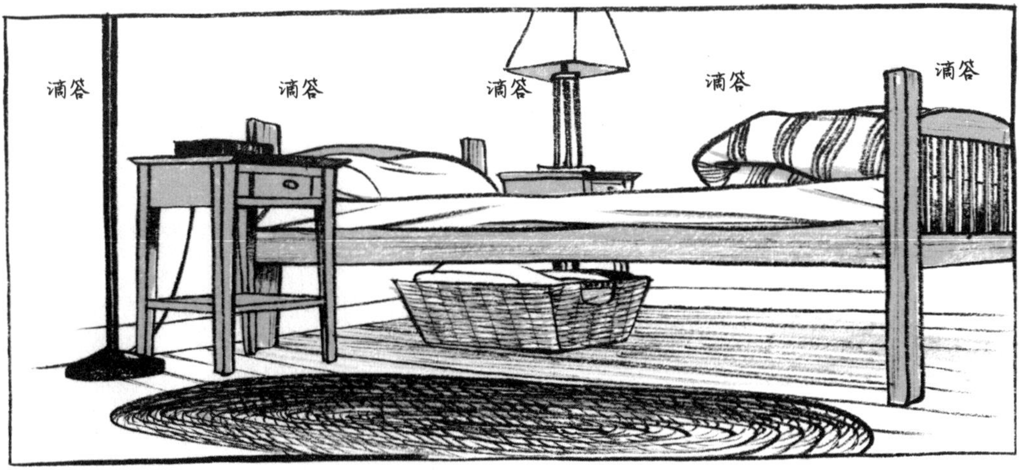
滴答
滴答
滴答
滴答
滴答

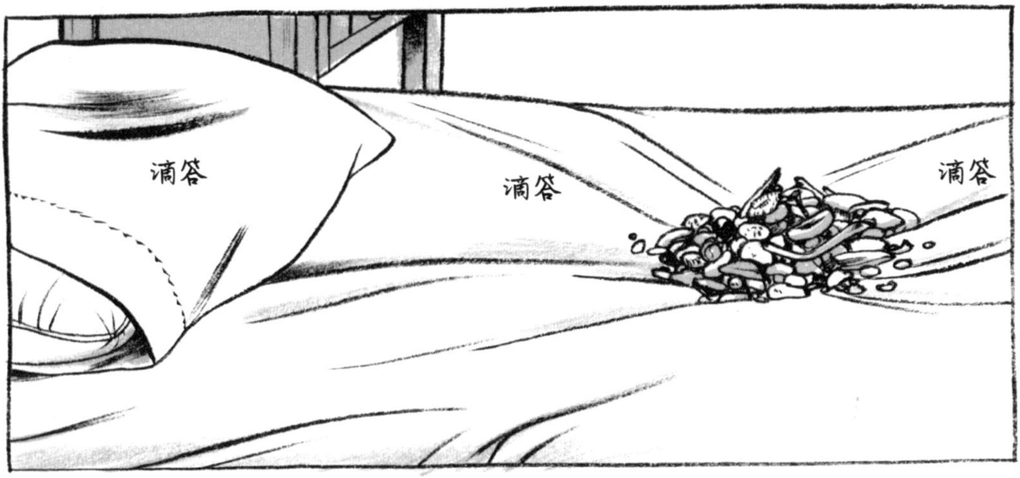
滴答
滴答
滴答

滴答

胸部一定
很棒。